H. G. FRANCISCO

# COMMANDER PERKINS

# DER DRITTE MOND

SCIENCE-FICTION-ROMAN

Schneider-Buch

# Inhalt

# Expedition Phart

Abwehrspezialist Leutnant Keefer kratzte sich am Kinn. Er ließ sich gerade einen Bart wachsen, und das war ungewohnt für ihn.

„Klar, daß den Völkern der Galaxis unser Dimensionsbrecher ein Dorn im Auge ist", sagte er zu Peter Hoffmann, mit dem er in der Mondstation Delta-4 Wache hielt. „Mit Hilfe dieser genialen Erfindung können wir vom Mond aus kosmische Entfernungen in wenigen Sekunden überwinden, während andere Völker zeitraubende Flüge in Raumschiffen auf sich nehmen müssen."

„Richtig", erwiderte Major Hoffmann. In seinen blauen Augen blitzte es auf, und er fuhr sich mit beiden Händen durch das dunkle Haar. „Deshalb fühlen sich die Copaner auch durch unseren Dimensionsbrecher bedroht. Außerdem sind manche Sterne für sie so weit entfernt, daß sie unerreichbar für sie bleiben werden, solange sie das Maschinchen von Professor Common nicht haben. Dennoch werden die Copaner uns in Ruhe lassen."

Er blickte auf einen Bildschirm, der neben der Tür zum Laboratorium an der Wand hing. Auf ihm war das riesige Raumschiff der Copaner zu sehen, jenes mächtigen Sternenvolkes, das Abgesandte ins Sonnensystem geschickt hatte, um die Voraussetzungen für eine gemeinsame friedliche Zukunft der beiden Völker zu schaffen.

„Ja? Werden sie das?" Leutnant Keefer machte kein Hehl daraus, daß er zweifelte.

„Sie werden", betonte Peter Hoffmann. „Vergessen Sie nicht, daß wir die Copaner gerettet haben. Sie standen unmittelbar vor der Vernichtung und wären ohne uns verloren gewesen. Ich bin überzeugt davon, daß wir den Dimensionsbrecher mindestens noch zwanzig Jahre lang für uns allein haben werden. Und das reicht, um viele Planeten in der Galaxis für uns zu erschließen."

„Hoffen wir, daß Sie recht behalten." Keefer kratzte sich erneut am Kinn.

Peter Hoffmann blickte ihn mißbilligend an, verzichtete jedoch darauf, ihm zu einer Rasur zu raten.

Major Hoffmann war Fernanalytiker und Ortungsspezialist. Eigentlich hätte er an Bord des Raumschiffes der Copaner sein müssen, da er die Sprache der Außerirdischen recht gut beherrschte. Er zog es jedoch vor, in der Mondstation Delta-4 zu bleiben und den Dimensionsbrecher zu bewachen.

Plötzlich öffnete sich eine Tür, und Oberst G. Camiel Jason

trat auf den Gang hinaus, auf dem die beiden Männer Wache hielten. Der Abwehrchef von Delta-4 war ein asketischer und überaus harter Mann, dessen eisgraue Augen völlig ausdruckslos und ohne jedes Gefühl zu sein schienen. Er trug eine schlichte Kombination ohne Rangabzeichen. Das dunkle Haar bedeckte seinen Kopf wie eine enganliegende Kappe.

„Ich muß Sie sprechen, Major", sagte er zu Peter Hoffmann.

„Jetzt? Ich stehe auf Wache!"

„Leutnant Keefer ist ein zuverlässiger Mann", erklärte der Abwehrchef von Delta-4 mit scharfer Betonung. „Sie können ihn ruhig für einige Minuten allein lassen. Er wird schon dafür sorgen, daß die Copaner in den paar Minuten, die unser Gespräch dauern wird, den Dimensionsbrecher nicht abbauen werden."

Er lächelte kühl. Die Copaner befanden sich an Bord ihres Raumschiffes. Keiner von ihnen konnte es verlassen, ohne bemerkt zu werden, und keiner der Außerirdischen konnte in die Mondstation eindringen. Angesichts dieser Tatsache erschienen die Bedenken des Majors übertrieben.

„Nun kommen Sie schon", drängte Oberst Jason.

Peter Hoffmann gab nach. Er folgte dem Abwehrchef.

Kaum aber hatte sich das Schott hinter ihm und Oberst Jason geschlossen, als eine seltsame Veränderung mit Leutnant Keefer vorging.

Seine Augen schienen jegliches Leben zu verlieren. Er bewegte sich schwerfällig wie eine Marionette, als er sich umdrehte und die Tür zu dem Labor öffnete, in dem der Dimensionsbrecher stand. Niemand hielt sich in dem Raum auf, der von einem leisen Summen erfüllt war.

Keefers Blicke waren starr auf die große Schalttafel gerichtet, die eine Seite des Labors ausfüllte und die vom Boden bis zur Decke reichte. Er entfernte eine der Deckplatten, löste ein positronisches Modul heraus und fügte an dessen Stelle ein anderes ein. Es war etwa so lang wie sein kleiner Finger und hatte an der Unterseite zahllose haarfeine Kontakte, die genau in die vorhandenen Löcher paßten. Danach schloß er die Platte wieder, schritt zur Tür hinaus und nahm seinen Posten wieder ein. Unmittelbar darauf belebten sich seine Augen wieder.

Verwirrt strich er sich mit der Hand über die Stirn und blickte sich um. Er spürte, daß etwas Ungewöhnliches mit ihm geschehen war.

Wenige Minuten vor dem Beginn der „Expedition Phart“ sahen Commander Perkins und Peter Hoffmann sie zum ersten Mal. Sie standen direkt neben dem Dimensionsbrecher und warteten darauf, abtransportiert zu werden. Sie hatten eine blasse Haut und leblos wirkende Augen.

Peter Hoffmann schürzte die Lippen. Mißbilligend blickte er Dr. Mario Andreotti, den Schöpfer der vier Gestalten, an. Der Robotologe ignorierte die stumme Kritik. Er war etwa dreißig Jahre alt und wirkte klein und schmächtig, obwohl er fast so groß war wie Commander Perkins. Wie stets ließ er auch jetzt die Schultern nach vorn sinken, so daß er einen müden Eindruck machte. Doch Peter Hoffmann wußte nur zu gut, daß der Wissenschaftler tatsächlich hellwach war.

„Glauben Sie wirklich, daß diese vier Knaben so funktionieren, wie Sie hoffen?“ fragte er und musterte die unscheinbaren Gestalten. „Also, ich muß sagen, mir ist so ein Plastikheini wie Camiel doch noch lieber.“

Dr. Andreotti lächelte gelangweilt. Er mochte den Major nicht besonders, da dieser sich einige Male abfällig über seine Robotschöpfungen geäußert hatte. Aus diesem Grund hatte er den Roboter Camiel so programmiert, daß Peter Hoffmann seine liebe Last mit ihm hatte. Das war seine Art von Humor.

„Dies sind keine Knaben“, antwortete er mit schleppender Stimme, wobei er kurz in die Runde blickte. Neben Commander Perkins, Peter Hoffmann und den vier bleichen Gestalten hielten sich noch Professor Common, dessen Tochter und wissenschaftliche Assistentin Cindy und einige Sicherheitsoffiziere unter Führung von Oberst G. Camiel Jason im Labor des Dimensionsbrechers auf. Der olivgrüne Roboter KA-ZD-TR-3379, genannt Camiel, trat soeben ein. Geschmeidig und völlig lautlos glitt er zu Randy Perkins hinüber und stellte sich neben ihm auf, wobei er eine Haltung einnahm, die ihn ein wenig hochmütig erscheinen ließ. Seine Linsen schimmerten matt im Widerschein der Lampen. Er ignorierte die Androiden, was Dr. Andreotti mit einem feinen Lächeln registrierte.

Der Robotologe legte einer der vier Gestalten die Hand auf die Schulter.

„Androiden sind künstliche Menschen“, erläuterte er. „Sie können sie aber auch biologische Roboter nennen. Sie besitzen organisch gewachsenes Körpergewebe, das sich kaum von dem unseren unterscheidet. Auch ihre Organe sind so wie beim Menschen. Doch sie haben kein Gehirn wie wir, sondern einen Computer im Schädel. Sie können denken, aber sie haben keine Gefühle. Sie sind Maschinen, die das Äußere von Menschen haben. Weiter nichts.“

Die vier Androiden waren zwischen 1,50 und 1,60 Meter groß. Ihre Schädel waren nur dünn behaart. Sie trugen tintenblaue Uniformen, die ihre muskulösen Körper eng umschlossen.

„Professor Common und ich haben uns entschlossen, diese biologischen Roboter, denen ich die Namen Alpha, Beta, Gamma und Delta gegeben habe, an der Expedition nach Phart teilnehmen zu lassen“, fuhr der Robotologe fort. „Der Grund dafür: In der Vergangenheit hat es immer wieder Unglücksfälle durch giftige Insekten und Reptilien gegeben. In Zukunft werden Androiden die ersten sein, die zu anderen Planeten versetzt werden. Ihr organisches Gewebe reagiert ebenso wie unseres. Wenn die Androiden gestochen oder gebissen werden, können wir die Folgen studieren und in aller Ruhe Gegengifte entwickeln, ohne daß Menschenleben geopfert werden müssen. In vielen Fällen werden die Androiden sich sogar selbst helfen können."

„Das gefällt mir", sagte Peter Hoffmann respektlos. „Wenn wir auf Phart sind, werde ich Alpha als erstes in einen Ameisenhaufen setzen."

Dr. Andreotti blickte den Major ärgerlich an.

„Ich weiß", erwiderte er gereizt. „Niemand war so häufig auf fremden Planeten wie Sie. Doch das ändert sich. Sie werden die Androiden mitnehmen und so einsetzen, daß wir uns ein Bild über ihre Fähigkeiten und ihre besonderen Vorteile machen können."

Peter Hoffmann wandte sich verwundert an Commander Perkins.

„He, Randy, was ist los? Ich habe doch gesagt, daß ich Alpha an einem Ameisenhaufen testen will."

Er seufzte ergeben, als Perkins nicht so reagierte, wie er erhofft hatte. Er hielt nichts davon, daß sie die Androiden mitnehmen sollten. Sie waren ihm im Weg, und er fürchtete, daß sie ihn nur aufhalten würden. Ihre Aufgabe war es, auf einem Planeten, der über viertausend Lichtjahre von der Erde entfernt war, einen Brückenkopf zu errichten. Von diesem aus sollte der Planet für die Besiedlung vorbereitet werden. Waren dazu tatsächlich biologische Maschinen notwendig, die noch dazu aussahen wie Menschen?

Cindy Common, die brünette Tochter des Professors, nahm eine Mappe mit beschrifteten Folien und ging zu Commander Perkins.

„Ich meine, wir sollten jetzt starten“, sagte sie.

„Einen Moment noch“, bat Peter Hoffmann. Er deutete auf die vier Androiden. „Wie soll ich diese Knaben voneinander unterscheiden? Sie gleichen sich wie ein Ei dem anderen.“

„Das ist kein Problem“, antwortete der Robotologe. Er ging zu den biologischen Robotern und klebte ihnen vorbereitete Buchstaben an die Uniformen, die sie als Alpha, Beta, Gamma und Delta kennzeichneten.

„Die Androiden gehen zuerst nach Phart“, entschied Professor Common, der trotz seines Alters noch jugendlich wirkte.

„Einverstanden“, stimmte Commander Perkins zu. Er beobachtete Alpha, Beta, Delta und Gamma, als diese unter die transparente Haube des Dimensionsbrechers schritten. „Schikken Sie uns nur nicht zu einer falschen Welt, Professor.“

Der Konstrukteur des Dimensionsbrechers ging auf den scherzhaften Ton ein. Er mochte den Commander, mit dem ihn eine tiefe Freundschaft verband.

„Keine Angst, Randy“, entgegnete er. „Nach dem Vertrag, den wir mit den Copanern geschlossen haben, stehen uns über fünfzigtausend Planeten in der Galaxis offen. Einige Jahrhunderte werden vergehen, bis wir diese besiedelt und erschlossen haben. Unter diesen Umständen brauchen Sie keine Komplikationen zu befürchten.“

Er legte einen Hebel um, und tief unter der lunaren Forschungsstation Delta-4 liefen die mächtigen Fusionsmeiler an, aus denen der Dimensionsbrecher seine Energie bezog. Sekunden später verschwanden die Androiden aus dem Laboratorium. In Bruchteilen von Sekunden stürzten sie über mehr als viertausend Lichtjahre hinweg durch die Dimensionen in ein anderes Sonnensystem und wechselten auf einen fernen Planeten über.

Professor Common zog seine Tochter kurz an sich.

„Paß auf dich auf, Cindy“, sagte er. Sie nickte lächelnd und folgte Commander Perkins, Peter Hoffmann und dem Roboter Camiel unter die transparente Haube des Dimensionsbrechers. Als der Professor die Maschine einschaltete, verschwanden auch sie.

„Und jetzt das Material", sagte Professor Common. „Die Container in den Dimensionsbrecher, bitte."

Cindy stutzte, als sie unter den violett leuchtenden Zweigen eines Baumes hervortrat. Aus dem Blätterdach vor ihr, kaum hundert Meter entfernt, ragte eine schlanke Säule hervor.

Sie blieb verwundert stehen. Auf dem Planeten Phart konnte es kein solches Gebilde geben ... Der Planet war von Robotern und von einer wissenschaftlichen Expedition bereits sorgfältig erforscht worden. Weder die Maschinen noch die Fremdwelt-Spezialisten hatten eine Spur von intelligentem Leben entdeckt.

Langsam und zögernd ging Cindy weiter. Die Luft flimmerte in den Glutstrahlen der weißen Sonne, die nahezu senkrecht über ihr stand.

Es wird ein Baumstamm sein, dachte sie. Cindy war erst dreiundzwanzig Jahre alt, aber dennoch als Wissenschaftlerin außerordentlich erfolgreich. Viele hätten etwas darum gegeben, an ihrer Stelle mit dem genialen Professor Common zusammenarbeiten zu dürfen. Doch der Konstrukteur des Dimensionsbrechers hatte bisher alle Bewerber abgelehnt. Er war sich dessen bewußt, welch ein Machtinstrument der Dimensionsbrecher darstellte, und er wollte sich die Kontrolle darüber bewahren. Daher kam nur Cindy als Assistentin für ihn in Frage.

Die Wissenschaftlerin drehte sich um und blickte zu dem Camp hinüber, in dem Randy Perkins, Peter Hoffmann, Camiel und die Androiden arbeiteten. Es bestand aus drei Kuppelzelten. Eines davon diente ihr als Unterkunft. In dem zweiten würden Commander Perkins und Major Hoffmann schlafen, während das dritte das umfangreiche Material ihrer Expedition und die biologischen Roboter aufnehmen sollte.

Cindy kämpfte sich durch das Dickicht voran, bis sie die Säule erreicht hatte. Dann blieb sie bestürzt stehen.

Vor ihr lag ein ausgedehntes Tal, in dem sich die Ruinen einer ehemals großen Stadt erhoben. Der Urwald hatte fast alles überwuchert. Dennoch sah sie genug.

Etwa fünfzig Meter von ihr entfernt lehnte der Kopf eines mächtigen Standbildes an einem Felsen. Das Gesicht lag fast völlig frei. Nur über den übergroßen Augen wuchs ein wenig Moos.

„Marco Catar", sagte Cindy entgeistert.

Sie konnte ihre Blicke nicht von dem steinernen Gesicht wenden. Die Augen schienen auf geheimnisvolle Weise zu leben, und Cindy meinte sehen zu können, wie sich die Lippen bewegten.

Vernahm sie nicht eine Stimme? War da nicht etwas Fremdes in ihr, das ihr eine Botschaft übermitteln wollte?

„O mein Gott!" wisperte sie. „Das kann doch nicht sein! Das kann doch nicht wahr sein!"

Sie hob ihr Handgelenk an den Mund und sprach in das Kombigerät, das sie daran trug.

„Randy! Bitte, kommen Sie sofort zu mir!"

„Was ist denn los?" antwortete eine dunkle Stimme, die aus den winzigen Lautsprechern kam.

„Das müssen Sie selbst sehen", erwiderte sie.

„Wo sind Sie, Cindy? Sie haben sich aus dem Lager entfernt, ohne sich abzumelden."

Sie ging nicht auf den Vorwurf des Commanders ein und schaltete das Gerät aus. Dann lief sie einige Schritte zurück, so daß Perkins sie sehen konnte, und winkte. Er eilte zusammen mit Peter Hoffmann und dem Roboter zu ihr.

„Cindy, warum antworten Sie denn nicht?“ fragte er.
„Wir sind nicht auf dem Planeten Phart“, stammelte sie.

Die beiden Männer blickten sie verblüfft an. Peter Hoffmann neigte den Kopf zur Seite und pfiff leise durch die Zähne. Er schien an ihrem Verstand zu zweifeln.

„Nicht auf Phart?“ Er drehte sich langsam um sich selbst und zeigte auf die Bäume und Büsche, deren violette und blaue Blätter im Licht der Sonne hell leuchteten. Ein grün geflecktes Tier mit kugelförmigem Körper hangelte sich geschickt durch das Geäst. Es hatte zwei Arme, aber keine Beine.

„Cindy, Sie träumen! Hier sieht alles aus wie auf den Fotos, die man uns gezeigt hat. Wir sind auf Phart.“

„Dann erklären Sie mir mal, wieso es hier eine Ruinenstadt gibt? Sie sieht fast genauso aus wie Inti Huan.“

„Ruinen wie in Inti Huan? Denken Sie an die Stadt im Hochland von Peru, die man erst vor fünfzehn Jahren entdeckt hat?“

„Ruinen wie in Peru. Auf der Erde“, bestätigte Cindy.

Commander Perkins legte seine Hand auf ihren Arm.

„Kommen Sie, Cindy“, bat er. „Zeigen Sie uns, was Sie gesehen haben.“

Er war beunruhigt. Auf ihrem Zielplaneten Phart gab es keine Ruinen. Wenn hier also Überreste einer versunkenen Kultur existierten, dann konnten sie nicht, wie geplant, auf dem vierten Planeten des Phart-San-Systems sein.

Cindy führte die beiden Männer und den schweigenden Roboter durch das Dickicht bis zu jener Stelle, von der aus man das Ruinenfeld überblicken konnte.

„Sie haben recht“, sagte Perkins staunend. „Diese verfallene Stadt hier erinnert tatsächlich an die rätselhafte Ruinenstadt Inti Huan in den Anden von Südamerika – aber es ist nicht Inti Huan.“

„Nein“, entgegnete Cindy mit tonloser Stimme. „Natürlich nicht. Aber dies ist auch nicht der Planet Phart.“

„Sie glauben, daß Ihr Vater den Dimensionsbrecher versehentlich falsch programmiert hat?“ fragte Peter Hoffmann.

„Nein! Bestimmt nicht“, erwiderte sie heftig. „So ein Fehler würde ihm niemals unterlaufen.“

„Auf keinen Fall“, bestätigte Camiel. Der grüne Roboter hob tadelnd einen Arm und schüttelte den Kopf, als habe der Major eine ungemein törichte Bemerkung gemacht. „Du solltest doch den Professor kennen.“

„Sei still, du Plastikheini“, antwortete Hoffmann wütend. „Ich verpasse dir einen Kurzschluß, wenn du nicht deinen Mund hältst.“

„Paps, du hast keine Ahnung von der hochentwickelten Technik eines Roboters der 27. Generation der Individualklasse“, bemerkte Camiel würdevoll. „Bevor es dir gelingt, in meinem hehren Inneren einen Kurzschluß zu fabrizieren, hast du dir längst die Finger verbrannt.“

„Dann trete ich dir eben in deinen verlängerten Rücken.“

„Dabei würdest du dir deinen Fuß brechen, Paps. Das kann ich nicht zulassen, da ich mich für deine Gesundheit verantwortlich fühle. Ich müßte rechtzeitig ausweichen.“

„Also gut, dann würde ich ...“ Peter Hoffmann stöhnte. Er warf Commander Perkins einen hilfesuchenden Blick zu. „Kannst du dieses Ungeheuer nicht zum Schweigen bringen, Randy?“

„Später“, erwiderte der Commander. „Zunächst müssen wir klären, was geschehen ist.“

„Irgend jemand hat den Dimensionsbrecher manipuliert“, sagte Cindy mit schreckensbleichem Gesicht. „Mein Vater hat ihn richtig programmiert. Dennoch sind wir nicht auf Phart, wo es niemals intelligentes Leben gegeben hat, sondern auf einem anderen Planeten, der vielleicht noch jetzt von Lebewesen bewohnt wird, die uns gleichgestellt oder möglicherweise sogar noch höher entwickelt sind als wir."

„Wir dürfen solche Planeten nicht betreten", erklärte Peter Hoffmann. „In dem Vertrag, den wir mit den Copanern geschlossen haben, ist genau festgelegt, welche Welten für uns verboten und welche für uns offen sind."

„Eben", entgegnete Commander Perkins. „Wir müssen also davon ausgehen, daß jemand heimlich etwas am Dimensionsbrecher verändert hat, so daß wir auf einen Planeten versetzt worden sind, der auf der Liste der verbotenen Welten steht."

„Dann gibt es Ärger mit den Copanern", verkündete Camiel.

„Und genau das will jemand erreichen", vermutete Commander Perkins.

„Dann haben wir keine andere Wahl. Wir müssen so schnell wie möglich wieder von hier verschwinden", sagte Cindy.

„Das dürfte unmöglich sein." Randy Perkins stieß einen Stein mit dem Fuß weg. „Wenn unsere Vermutung richtig ist, dann wird unser geheimnisvoller Gegenspieler dafür sorgen, daß sich der Dimensionsbrecher selbst umprogrammiert. Die positronischen Daten dieses Planeten dürften mittlerweile schon aus dem Computer auf dem Mond verschwunden sein."

„Dann können wir nie mehr zur Erde zurück", rief Cindy.

„Davon müssen wir ausgehen", antwortete der Commander ruhig. Ihn schien der Gedanke, auf eine unbekannte Welt irgendwo in der Galaxis verschlagen worden zu sein, nicht besonders zu beunruhigen.

„Bei allen Göttern der Sonnenstadt Inti Huan", murmelte Peter Hoffmann. „Das hat mir gerade noch gefehlt."

„Versuchen wir es am Erfassungspunkt des Dimensionsbrechers", sagte Randy Perkins.

Zögernd und unsicher folgten ihm Cindy und der Major.

Camiel, der olivgrüne Roboter, blieb noch einige Minuten lang am Rande des Ruinenfeldes stehen, das etwa ein Kilometer lang und achthundert Meter breit war. Er betrachtete die Reste der ehemals blühenden Stadt und nahm jede Einzelheit in sich auf. Erst dann eilte er mit geschmeidigen Bewegungen hinter den anderen her. Dabei war er so schnell, daß er wie ein gleitender Schatten erschien. Mühelos holte er Commander Perkins, Peter Hoffmann und Cindy ein. Diese hatten mittlerweile den sogenannten Erfassungspunkt erreicht. Sie warteten darauf, daß der Dimensionsbrecher, der über viertausend Lichtjahre von ihnen entfernt auf dem Mond der Erde stand, seine Fühler nach ihnen ausstreckte. Wenn Professor Common die Transportmaschine entgegen ihren Befürchtungen doch noch auf diesen Planeten eingepeilt hatte, dann mußte über diesem Punkt irgend etwas erscheinen, oder der kleine Stahlcontainer, der noch dort lag, mußte verschwinden und nach Delta-4 zurückkehren.

Doch nichts dergleichen geschah.

„Das hat noch nicht viel zu bedeuten", bemerkte Randy Perkins, nachdem sie einige bange Minuten lang ausgeharrt hatten. Er blickte den Roboter an und fragte: „Wann kannst du uns etwas darüber sagen, wo wir gelandet sind?"

„Vorläufig noch nicht. Ich muß die Sterne sehen", antwortete Camiel. „Die Sonne muß also erst einmal untergehen."

Peter Hoffmann setzte sich auf einen Stein.

„Irgendwann wird der Professor merken, daß er sein Töchterchen an den falschen Ort geschickt hat", sagte er. „Fraglos wird er versuchen, sie wiederzufinden."

„Das ist gemein, Peter", erregte sich die Wissenschaftlerin. „Sie wissen, daß mein Vater Sie ebenso sucht wie mich."

Hoffmann grinste.

„Nur keine Aufregung vermeiden", scherzte er und gab damit zu verstehen, daß er durchaus ihrer Meinung war. „Helfen Sie mir auf die Sprünge! Ich weiß so gut wie nichts über Inti Huan, die Sonnenstadt. Was ist mit dieser Stadt?“

Cindy ließ sich ebenfalls auf einen Stein sinken.

„Inti Huan birgt eines der großen Rätsel der Geschichte der Menschheit“, erwiderte sie. „Niemand weiß genau, wie alt diese Stadt wirklich ist. Über ihre Bewohner ist nichts bekannt. Bis heute ist ungeklärt, wer sie waren, warum sie eines Tages aus ihrer Stadt verschwanden und wohin sie gegangen sind. War Inti Huan eine Handelsmetropole oder ein Heiligtum, das von den Gläubigen Südamerikas aufgesucht wurde? Niemand hat diese Frage bis heute beantworten können.“

„Und Sie sind sicher, daß dieses Ruinenfeld dort hinten eine gewisse Ähnlichkeit mit Inti Huan hat?“

„Ganz sicher.“ Sie blickte zu den Ruinen hinüber. „Es ist beklemmend. Ich bin einige Male in Inti Huan gewesen. Daher weiß ich, wie es dort aussieht. Glauben Sie mir, Peter, so etwas kann kein Zufall sein. Man könnte meinen, dieses Steinbild, das eine geradezu verblüffende Ähnlichkeit mit Marco Catar hat, sei von der Erde hierher versetzt worden.“

„Das ist allerdings seltsam.“

„Diese Statue habe ich einige Male im Hochland von Peru betrachtet. Sie wird dort Marco Catar genannt. Die Haltung, die übergroßen Augen, die wulstigen Lippen und der im Verhältnis zum Körper mächtige Kopf – all das ist hier wie dort gleich. Beide Statuen müssen einer gemeinsamen Kultur entstammen.“

„Das würde bedeuten, daß schon vor Jahrtausenden Außerirdische auf der Erde gewesen sind und dort eine Stadt errichtet haben. Die Stadt Inti Huan. Und diese Wesen waren nicht nur auf der Erde, sondern auch hier auf diesem Planeten.“

„Das ist es, was ich sagen wollte, Peter“, erwiderte sie.

„Nennen wir diese Welt doch Error, das heißt Irrtum“, bemerkte Hoffmann trocken.

# Der rätselhafte Planet

Cindy Common schlief unruhig in dieser Nacht. Aus quälenden Träumen schreckte sie immer wieder auf, und als sie in der Morgendämmerung ihr Zelt verließ, war sie so müde, als hätte sie überhaupt nicht geruht.

Commander Perkins war ebenfalls wach. Er beobachtete die aufgehende Sonne.

„Wir haben unser Ziel weit verfehlt", erklärte er, als er Cindy bemerkte. „Das ist eindeutig geklärt. Der Sternenhimmel über uns ist Camiel völlig unbekannt. Er hat nicht eine einzige Sternenformation entdeckt, die er identifizieren konnte. Wahrscheinlich befinden wir uns nicht einmal mehr im Orionarm der Milchstraße."

Cindy erschrak.

„Dann sind wir Hunderte von Lichtjahren von Phart entfernt."

„Es sieht so aus", bestätigte er. „Camiel hat den Sternenhimmel heute nacht stundenlang studiert. Wenn er sagt, daß wir uns in der Galaxis verirrt haben, dann ist es so."

Cindy wandte sich schweigend ab. Tränen stiegen ihr in die Augen. Die Feststellung des Commanders ließ ihr keine Hoffnung. Nun konnte es keinen Zweifel mehr daran geben, daß sich jemand am Dimensionsbrecher zu schaffen gemacht hatte.

Die Copaner treiben ein falsches Spiel mit uns, dachte sie, während sie zu der Ruinenstadt hinüberging. Sie machen Verträge mit uns, in denen sie uns Frieden versprechen, und gleichzeitig verraten sie uns ...

Sie ärgerte sich maßlos darüber, daß sie in die Irre geleitet worden war und keine Möglichkeit hatte, ihren Vater oder irgendeinen anderen der Verantwortlichen in Delta-4 zu warnen. Funkgeräte, mit denen sie die ungeheuerliche Entfernung von etwa viertausend Lichtjahren hätte überwinden können, hatte sie nicht.

Was also konnte sie tun?

Tief in Gedanken versunken betrat sie das Ruinenfeld und ging an der düsteren Statue jenes Wesens vorbei, das auf der Erde Marco Catar genannt wurde.

Plötzlich blieb sie stehen. Ihr Herzschlag beschleunigte sich.

Hatten sich die steinernen Augen nicht bewegt?

Sie fuhr herum und blickte zu der Statue auf, die sie um fast einen Meter überragte. Doch das Gesicht des Steinbildes blieb starr und unverändert. Trotzdem schien es von einem geheimnisvollen Leben erfüllt zu sein. Cindy war, als würde es sich gleich bewegen, als würde sich der Mund mit den aufgeworfenen Lippen im nächsten Moment öffnen, um ihr etwas zu sagen.

Ich werde langsam verrückt! dachte sie. Es ist das Licht der Sonne. Es belebt das Steingesicht...

Sie ging weiter und versuchte sich zu beruhigen. Doch ihr Herz schlug in schnellem, fast schmerzhaftem Takt, und unsichtbare Hände schienen ihren Oberkörper zu umspannen, so daß sie nicht frei atmen konnte.

Sie gestand sich ein, daß sie Angst hatte.

Eine innere Stimme drängte sie dazu, zum Lager zurückzulaufen. Doch sie fürchtete sich vor den spöttischen Bemerkungen Peter Hoffmanns, der ihr ansehen würde, daß sie drauf und dran war, die Nerven zu verlieren.

Sie schritt an der zerfallenen Wand eines ehemaligen Wohnhauses entlang und meinte, ein leises Knistern zu hören.

Tiere! beruhigte sie sich. Es sind Tiere, die sich in den Spalten der Ruine bewegen.

Sie befand sich im Schatten des Hauses. Und sie empfand es als

Wohltat, nicht die brennenden Strahlen der Sonne im Nacken zu fühlen. Vor ihr lag ein breiter, sandiger Streifen, der im Morgenlicht glänzte, als sei er mit einem seidigen Teppich überzogen. Ein vierbeiniges Reptil, das einer Eidechse glich, schlängelte sich über den Platz und verschwand unter einigen Steinen.

Cindy trat auf den Sand hinaus, und plötzlich fiel ihr auf, daß sie noch immer im Schatten war.

Beklommen drehte sie sich um. Da stimmte etwas nicht...

Wieso Schatten? fragte sie sich. Da muß etwas sein, was das Sonnenlicht abschirmt.

Sie blickte nach oben und fuhr erschrocken zurück.

Über ihr schwebte eine Steinplatte, die etwa zwei Meter breit und vier Meter lang war.

Unwillkürlich sprang die Terranerin zur Seite. Doch die Platte folgte ihr lautlos, ganz so, als sei sie durch unsichtbare Kraftlinien fest mit ihr verbunden.

In aufkommender Panik wandte Cindy sich zur Flucht. Sie rannte durch eine verfallene Gasse zu einem Steinhaufen hinüber. Aber auch jetzt entging sie der Bedrohung nicht. Die Steinplatte folgte ihr wie ihr eigener Schatten und verharrte etwa zwei Meter über ihr.

„Randy“, schrie sie. „Camiel! Helft mir!“

Sie konnte sich nicht erklären, was die Platte in der Luft hielt und steuerte. In diesem Trümmerfeld, das Jahrtausende alt sein mochte, konnte es keine funktionierenden Maschinen mehr geben!

Sie rannte immer schneller. Wie von Sinnen stürmte sie die Gasse entlang, ohne auch nur einen Zentimeter Vorsprung vor der Steinplatte gewinnen zu können. Ihr war, als versuche sie, ihrem eigenen Schatten zu entkommen.

Schließlich erreichte sie die Ruinen eines Tempels. Unter mächtigen Felsen öffnete sich eine kleine Grotte. In ihrer Angst sprang Cindy hinein und verkroch sich dort. Kaum hatte sie diesen Unterschlupf gefunden, als die Steinplatte auch schon herabstürzte und mit ohrenbetäubendem Krachen über ihr zerbarst.

Cindy vergrub ihr Gesicht in den Armen, um den aufwirbelnden Staub nicht einatmen zu müssen.

„Cindy", hallte es aus den winzigen Lautsprechern ihres Armfunkgerätes. „Sagen Sie doch etwas, Cindy!"

Die Wissenschaftlerin hustete angestrengt.

„Ich höre Sie, Randy. Bitte, holen Sie mich heraus."

Sie beschrieb ihm, wo sie steckte; und wenig später gerieten die Steine über ihr in Bewegung. Camiel und die vier Androiden versuchten sie freizugraben.

Die Roboter arbeiteten mit rasender Geschwindigkeit. Ihre Hände wühlten sich in den Schutt und rissen ihn auf.

„Sind Sie in Ordnung?" fragte Camiel, als er Cindy sehen konnte.

„Mir geht es glänzend", antwortete sie erschöpft. „Das siehst du doch."

„Jetzt fangen Sie auch schon an", klagte er und griff sich an den Kopf, als leide er unter Schmerzen. „Oder sollte das kein Scherz sein?"

„Beeil dich", fuhr Peter Hoffmann den Roboter an. „Die Steine können jeden Augenblick runterrutschen."

Camiel richtete sich würdevoll auf.

„Es besteht keine Gefahr mehr für die Lady", behauptete er. „Ich habe eine statische Prüfung durchgeführt. Das Ergebnis ist..."

„Ich will nichts mehr hören", brüllte der Major. „Noch ein Wort, und ich schalte dir den Strom ab."

„Das wäre aber unfreundlich", erwiderte Camiel, während er zusammen mit den Androiden den Schutt wegräumte, so daß

Cindy herauskriechen konnte.

„Was ist passiert“, fragte Randy Perkins.

Cindy erzählte es ihm.

„Eine schwebende Steinplatte“, sagte er nachdenklich. Er beugte sich über die Trümmer und untersuchte einige Bruchstücke.

„Ich habe die Reste bereits geprüft, Sir“, bemerkte Camiel. „Einrichtungen technischer Art, die erklären würden, warum die Platte fliegen konnte, gibt es nicht.“

„Ich habe den Krach gehört, als sie abgestürzt ist. Wir werden herausfinden, was das alles zu bedeuten hat. Zunächst möchte ich Sie bitten, einen Aufriß von Inti Huan, der Sonnenstadt auf der Erde, anzufertigen. Können Sie das, Cindy?“

„Natürlich, Randy.“

„Camiel wird Ihnen helfen, damit es möglichst schnell geht. Je früher wir die Zeichnung haben, desto besser.“

„Was willst du damit?“ fragte Peter Hoffmann.

„Ich will Inti Huan mit dieser Stadt vergleichen. Wenn wir herausfinden, wo es Übereinstimmungen und wo es Abweichungen gibt, kommen wir vielleicht weiter.“

Der Major kratzte sich am Hinterkopf und blickte sich voller Unbehagen um. Er hatte das seltsame Gefühl, daß die Stadt noch lebte. Er meinte, fremdartige Gestalten zwischen den Ruinen auftauchen zu sehen, und die Geräusche, die aus den Wäldern herüberklangen, kamen ihm wie die Stimmen von außerirdischen Wesen vor.

Viertausend Lichtjahre von dem Planeten Error entfernt, betrat Professor Common das Arbeitszimmer von Oberst G. Camiel Jason. Der Sicherheitschef der Mondstation Delta-4 erhob sich von seinem Schreibtisch und kam dem Wissenschaftler entgegen.

„Sie kommen zu mir, Professor? Ich glaube, das habe ich noch nicht erlebt, seit ich hier auf dem Mond bin.“ Diese Worte sollten scherzhaft klingen, doch Oberst Jason war ein humorloser, unbeugsamer Mann, dessen Aufgabe es mit sich brachte, daß er ständig und überall Gefahren witterte. Selbst in seiner freundlich gemeinten Bemerkung schwang Mißtrauen mit.

„Ich hoffe, Sie haben nichts dagegen, wenn ich mich setze“, sagte Professor Common und ließ sich in einen Sessel sinken.

„Was ist los?“ fragte Jason geradeheraus. Das Verhalten des Wissenschaftlers verriet ihm, daß etwas Außergewöhnliches vorgefallen sein mußte.

„Etwas Ungeheuerliches ist geschehen“, antwortete Professor Common. „Ich habe soeben herausgefunden, daß jemand sich am Dimensionsbrecher zu schaffen gemacht und ein positronisches Bauteil ausgetauscht hat.“

Oberst G. Camiel Jason erstarrte. Jeder Muskel seines Körpers schien sich zu spannen.

„Weiter“, forderte er den Wissenschaftler auf. „Sprechen Sie weiter.“

„Der Dimensionsbrecher wurde durch dieses Teil manipuliert“, erläuterte Professor Common. Er legte das Modul, das er entdeckt hatte, auf den Tisch. „Es stammt nicht von der Erde.“

„Wollen Sie damit behaupten, daß ein Copaner das Teil eingebaut hat?“

„Ich mache Sie lediglich mit den Tatsachen bekannt. Welche Schlüsse Sie daraus ziehen, ist Ihre Sache. Hören Sie zu: Ich habe alle Transporte überprüft, die in den letzten Monaten durchgeführt worden sind. Sieben von ihnen haben ihr Ziel nicht erreicht!“

„Welche?“

Der Dimensionsforscher reichte Oberst Jason eine beschriftete Folie.

„Hier habe ich sie alle aufgeführt. Auch die ‚Expedition Phart' mit Commander Perkins, Major Hoffmann und meiner Tochter gehört dazu. Sie befindet sich nicht auf dem Planeten Phart. Sie ist dort nie angekommen ..."

Oberst Jason glitt in den Sessel hinter dem Schreibtisch. Seine Hände umspannten die Armlehnen des Sessels so fest, daß die Handgelenke weiß wurden.

„Wo ist sie?"

„Ich weiß es nicht, aber vielleicht finde ich es heraus, wenn ich das Modul untersuche und klären kann, wie es programmiert ist. In dem Modul steckt die einzige Spur, die uns zu den irregeleiteten Expeditionen führen kann."

Der Sicherheitschef von Delta-4 beugte sich ruckartig vor und blickte Professor Common durchdringend an.

„Betrachten wir die Sache mal logisch", sagte er. „Erstens: Ein positronisches Bauteil wird heimlich ausgetauscht. Zweitens: Dieses Teil bewirkt, daß sieben Expeditionen ihr Ziel nicht erreichen. Drittens: Das Modul stammt nicht von der Erde. Also – was folgt daraus?"

Professor Common war nicht bereit, sich auf Spekulationen einzulassen.

„Es ist nicht meine Sache, Schlüsse daraus zu ziehen", erwiderte er.

„Nun gut. Ich will es Ihnen sagen! Es ist ganz offensichtlich – die Copaner haben uns eine Falle gestellt. Ich habe von Anfang an gewußt, daß sie kein ehrliches Spiel mit uns treiben. Gewiß, sie haben Verträge mit uns geschlossen, aber jetzt stellen sie uns ein Bein! Sie wollen, daß wir auf Planeten tätig werden, die auf der Liste der verbotenen Welten stehen. Mit einem billigen Trick wollen sie uns hereinlegen. Aber wir werden ihnen einen Strich durch die Rechnung machen!"

„Was haben Sie vor?"

Oberst G. Camiel Jason streckte die Hand aus und nahm das Modul an sich. Er ließ es in seiner Schreibtischlade verschwinden.

„Wir werden ihre Pläne durchkreuzen."

„Und wie stellen Sie sich das vor?"

„Ganz einfach, Professor. Wir müssen die verschollenen Expeditionen abschreiben ... Sie, Professor, werden nicht nachforschen, wo sie geblieben sind. Die Copaner erwarten, daß wir mit Hilfe des Dimensionsbrechers nach diesen Expeditionen suchen. Sie können den Einsatz des Dimensionsbrechers mit ihren Ortungsgeräten feststellen und nachweisen. Genau das darf ihnen nicht gelingen."

„Ich habe es geahnt", entgegnete der Wissenschaftler verächtlich. „Sie sind bereit, die Teilnehmer von sieben Expeditionen zu opfern. Einfach so. Was das für die Männer und Frauen da draußen auf fernen Planeten bedeutet, interessiert Sie nicht."

„Da haben Sie recht", erwiderte der Sicherheitschef von Delta-4 zynisch. „Ich muß abwägen. Auf der einen Seite vielleicht dreißig Männer und Frauen, auf der anderen die gesamte Menschheit."

Er pochte triumphierend mit den Knöcheln auf die Tischplatte.

„Hier drin liegt das Modul, mit dem der Dimensionsbrecher fehlgesteuert wurde, Professor. Nur mit seiner Hilfe können Sie ermitteln, wohin die Expeditionen versetzt worden sind. Aber Sie werden das Modul nicht von mir erhalten! Ich werde nicht zulassen, daß Sie den Copanern in die Falle gehen und die Galaxis nach den Expeditionen durchforschen."

Professor Common erhob sich. Er strich sich mit der Hand durch das weiße Haar.

„Ich dachte mir, daß Sie so reagieren würden, Oberst", sagte er. „Tut mir leid. Ich bin völlig anderer Ansicht als Sie, aber ich bin mir darüber klar, daß Sie entscheiden. Leider."

„Leider?"

Der Wissenschaftler blickte Oberst Jason kühl an.

„Ich kann Sie nicht ausstehen", erklärte er und verließ das Büro.

Der Sicherheitschef von Delta-4 lächelte ungerührt. Ihm war nicht wichtig, ob der Wissenschaftler Sympathien für ihn empfand oder nicht. Er fühlte sich nur seiner Aufgabe verpflichtet. Alles andere interessierte ihn nicht.

Vermutlich wäre Oberst G. Camiel Jason nicht so ruhig geblieben, wenn er gewußt hätte, daß Professor Common ihm in weiser Voraussicht das falsche Modul gegeben hatte.

## Stimmen aus dem Nichts

Auf dem Planeten Error kehrte Cindy einige Stunden später aus der Ruinenstadt zum Lager zurück. Commander Perkins, Peter Hoffmann und Camiel hielten sich an einem großen Bauwerk auf, das dem Sonnentor von Inti Huan auf der Erde auffällig glich. Das mächtige Tor war aus einem einzigen Steinblock geschlagen und trug zahllose rätselhafte Verzierungen. Camiel legte sie nach und nach frei, indem er die Pflanzen entfernte, die sie überwucherten. Auch hier lagen verblüffende Parallelen vor, so daß niemand daran zweifeln konnte, daß sie von den gleichen Baumeistern ausgearbeitet worden waren.

Als Cindy noch etwa zehn Meter vom Lager entfernt war, bemerkte sie eine Bewegung im Geröll neben ihrem Zelt. Als sie näher kam, erblickte sie ein seltsames Wesen, das aussah wie ein Seestern. Es hatte eine runzelige, rauhe Oberfläche, so daß es sich kaum von den Steinen ringsum abhob. Mit schwerfällig wirkenden Bewegungen schob es sich an einem Container vorbei.

Neugierig blieb die Wissenschaftlerin stehen. Aufmerksam beobachtete sie das Tier und verlor es doch für einige Sekunden aus den Augen, entdeckte es dann einige Meter weiter und sah, wie es zwischen den Steinen verschwand. Sie fürchtete sich nicht vor ihm und lief hinter ihm her, da sie wissen wollte, wohin es sich zurückzog. Doch dann fand sie es nicht mehr wieder, obwohl sie den Felsboden Zentimeter für Zentimeter absuchte.

„Camiel, komm sofort zu mir!" flüsterte sie in ihr Funkgerät. „Beeile dich!"

Sie kam nicht auf den Gedanken, die Androiden einzusetzen, die tatenlos neben ihr standen. Sie hatte das Gerät kaum ausgeschaltet, als der Roboter auch schon angerast kam. Wenn Camiel wollte, konnte er sich selbst durch schwierigstes Gelände mit einer Geschwindigkeit von etwa hundert Stundenkilometern voranbewegen.

Sie schilderte ihm, was sie gesehen hatte.

„Das Tier muß hier noch irgendwo sein", schloß sie. „Es paßt sich der Farbe der Felsen an. Suche es. Ich komme nicht zur Ruhe, wenn ich weiß, daß so etwas hier herumkriecht."

Camiel benötigte keine drei Sekunden, bis er das Gebilde gefunden hatte, das die Wissenschaftlerin beunruhigte. Er beugte sich plötzlich nach vorn und hob es aus den Felsen heraus. Bis dahin war der Stern wie zu Stein erstarrt gewesen. Jetzt aber schlug er wild mit seinen sechs Armen um sich und versuchte sich dem Griff Camiels zu entwinden.

„Es ist stark", berichtete dieser. „Es ist . . ."

Cindy blickte KA-ZD-TR-3379 entgeistert an. Sie hatte noch nie erlebt, daß es diesem die Sprache verschlug.

„Es ist ein Roboter", schrie Camiel und rannte davon. Er war noch nicht einmal zehn Meter weit gekommen, als das sternförmige Gebilde in seinen Händen explodierte. Eine schwarze Rauchwolke hüllte ihn ein, aus der grelle Blitze hervorzuckten. Cindy sah einige Trümmerstücke durch die Luft fliegen. Dann tauchte Camiel aus der Rauchwolke auf. Sein Kopf, seine Arme und die Brust waren voller schwarzer Flecken. Er versuchte, den Schmutz mit den Händen abzustreifen, verrieb ihn dabei jedoch nur noch mehr.

„Laß es lieber“, lachte Cindy. „Du wirst nicht schöner dabei.“

„Es ist seltsam, in welcher Gestalt Roboter niederer Klassen zuweilen auftreten“, bemerkte Camiel indigniert. „Ich würde gern darauf verzichten, mich mit ihnen auseinandersetzen zu müssen.“

Cindy lächelte nachsichtig.

„Bilde dir nur nichts auf deine Individualklasse ein“, neckte sie ihn. Sie sah, daß Commander Perkins und Major Hoffmann herankamen. „Und jetzt wirst du das Lager und seine nähere Umgebung nach weiteren Robotern absuchen.“

„Das habe ich bereits getan“, behauptete Camiel. „Es gibt keine anderen. Dieser Zwerg war der einzige.“

„Ich möchte wissen, was er hier getrieben hat“, sagte Perkins, als Cindy ihm geschildert hatte, was geschehen war.

Eine Stunde lang versuchten die beiden Männer und die junge Frau, eine Antwort auf diese Frage zu finden. Dann machte Cindy eine verblüffende Entdeckung.

„Die Zeichnungen sind verändert worden“, rief sie.

Ihre Hände zitterten leicht, als sie die Folien hochhielt, auf denen sich die Grundrisse von Inti Huan und der Ruinenstadt von Error befanden.

„Ja, das ist richtig“, bestätigte Camiel. Auch er schien überrascht zu sein. „Auf beiden Zeichnungen steht das Sonnentor nicht mehr dort, wo wir es eingetragen haben.“

Commander Perkins nahm die Folien an sich.

„Jetzt wissen wir, weshalb der Roboter hier war", sagte er. „Aber weshalb hat er sich mit den Zeichnungen befaßt?"

Peter Hoffmann und Cindy blickten ihn nur stumm an. Sie konnten die Manipulation ebensowenig erklären wie Camiel.

„Wir werden uns das Sonnentor genau ansehen", beschloß Perkins. „Es muß eine ganz bestimmte Bedeutung für diese Stadt haben."

„Ich habe Angst", gestand Cindy. Sie blickte sich unsicher um. „Ich habe ständig das Gefühl, daß wir beobachtet werden."

Undurchdringlich erscheinender Urwald umgab sie auf drei Seiten. Nur nach Norden hin lag steppenartiges Land, auf dem vereinzelt Bäume und riesenhafte Pilze wuchsen.

„Wir legen Waffen an", befahl der Commander. „Von jetzt an bleibt niemand von uns allein. Wir werden einen Energiezaun um das Lager errichten. Camiel und die Androiden werden nachts Wache halten, so daß wir nicht überrascht werden können."

„Wenn wir doch nur etwas tun könnten", seufzte die Wissenschaftlerin. „Irgend etwas..."

„Vorläufig müssen wir abwarten und die Dinge auf uns zukommen lassen", entgegnete Commander Perkins. „Es ist nicht zu ändern."

„Wir sitzen in der Falle", stellte Peter Hoffmann mißmutig fest. „Irgend jemand macht mit uns, was er will. Und das paßt mir nicht."

Die beiden Offiziere begannen nun damit, das Lager abzusichern und Ortungseinrichtungen aufzubauen, die ihnen jedes Objekt anzeigten, das sich näherte. Doch das Gefühl der Bedrohung blieb.

„Ich frage mich immer wieder, warum die Zeichnungen verändert worden sind", sagte Cindy, als sie ein Feuer entzündet hatten, um die Insekten zu vertreiben. „Ein computergesteuerter Roboter kommt nicht so einfach daher und verfälscht die Grundrisse, wenn ihm nicht jemand den Befehl dazu gegeben hat. Das will mir nicht aus dem Kopf."

„Es geht um das Sonnentor", sinnierte Peter Hoffmann. „Wir sollten uns ganz auf dieses Bauwerk konzentrieren. Vielleicht finden wir heraus, was es damit auf sich hat."

Violett senkte sich die Sonne herab. Sie schien ihr Volumen verdoppelt zu haben. Ein Schwarm kleiner Vögel überquerte das Lager, und die Schreie der Tiere klangen unheildrohend zu ihnen herab.

„Wenn wir doch nur von hier verschwinden könnten", sagte Cindy. Ständig meinte sie, eine flüsternde Stimme zu vernehmen, ohne sie verstehen zu können. Ihre Augen waren dunkel vor Furcht. „Ich spüre, daß etwas Schreckliches geschehen wird."

„Beruhigen Sie sich." Commander Perkins legte seinen Arm um ihre Schultern. „Alles wird gut werden."

Sie schüttelte den Kopf.

„Wir dürfen nicht hierbleiben", beschwor sie die beiden Männer. „Ich spüre es. Wir müssen diese Ruinenstadt verlassen, oder alles wird unseren Händen entgleiten."

Peter Hoffmann blickte sich um und fand, daß sich nichts in ihrer unmittelbaren Umgebung verändert hatte. Camiel und die Androiden standen auf den Felsen in der Nähe des Lagers. Sie würden jedes Objekt rechtzeitig bemerken, das sich ihnen zu nähern versuchte.

„Cindy, Sie wissen doch, daß es ein Fehler wäre, das Lager aufzugeben", sagte der Major. „Wenn uns Ihr Vater überhaupt finden kann, dann nur hier. Wo sollte er uns auch sonst suchen?"

Sie sprang auf und ging nervös einige Schritte hin und her. „Fühlen Sie es denn nicht?" fragte sie mit bebender Stimme. „Hören Sie Marco Catar nicht?"

„Nein“, erwiderte Commander Perkins gelassen. „Und ich glaube, daß er verstummen wird, wenn Sie es nur wollen.“

Sie blieb stehen und preßte die Hände gegen die Schläfen.

„Randy, ich bilde mir das nicht ein! Marco Catar spricht zu mir, aber ich weiß nicht, was er mir sagen will.“

Sie blickte den Commander beschwörend an.

„Wir dürfen nicht an uns denken, Randy. Es geht nicht um uns. Irgend jemand hat den Dimensionsbrecher manipuliert. Dadurch sind wir auf diesen Planeten gekommen, den ganz sicher andere für sich beanspruchen. Wir haben es mit jemandem zu tun, der den Dimensionsbrecher mit allen Mitteln an sich bringen will. Wenn er beweisen kann, daß die Erde vertragsbrüchig geworden ist, dann wird das MITTLERE AUGE, die größte Macht, die es je in der Milchstraße gegeben hat, Terra besetzen und uns alles nehmen, was wir haben. Verstehen Sie denn nicht? Dadurch, daß wir hier bleiben, machen wir es unserem Gegenspieler unnötig leicht.“

„Wir weichen nicht aus“, entschied der Commander. „Wir konzentrieren uns darauf, die Ruinenstadt zu erforschen. Ich bin davon überzeugt, daß sie uns alle unsere Fragen beantworten wird.“

„Wie denn, Randy?“

„Das wird sich zeigen, Cindy.“

Sie erhob sich und wich vor ihm zurück. Die Härte in seinen Augen erschreckte sie. Zugleich aber wurde sie sich dessen bewußt, daß er allein die Verantwortung für sie alle trug.

„Vielleicht haben Sie recht, Randy. Wenn wir fliehen, haben wir keine Chance, das Rätsel dieses Planeten zu lösen.“

Sie fühlte sich schwach und elend. Hörte er die Stimme wirklich nicht, die von den Ruinen herüberklang? War sie nur in ihr? Sie konnte es sich nicht denken. Warum sollte es so sein? Was unterschied sie denn schon von Randy und dem Major? Sie wollte sich abwenden, doch ihr Fuß verfing sich an einem Stein und sie stolperte. Sie stürzte. Randy Perkins sprang auf, um ihr zu helfen.

„Nein“, schrie sie und blickte entsetzt auf ihre Hand. Eine faustgroße Spinne, die aussah, als ob sie aus Stein sei, kauerte auf ihrer Hand.

Der Android Delta beugte sich über sie, bevor ein anderer eingreifen konnte, packte die Spinne und schleuderte sie von sich. Dann drehte er seine Hand und blickte auf eine blutige Stelle am Daumen.

„Sie hat mich gebissen“, sagte er mit ausdrucksloser Stimme.

„Ich habe sie nicht gesehen“, bemerkte Cindy erregt. „Sie war plötzlich da, und sie hob sich überhaupt nicht von den Steinen ab.“

Ängstlich musterte sie den Boden.

„Wer weiß, was hier sonst noch alles herumkriecht? Camiel, kannst du nichts erkennen? Vielleicht ist das Lager voller Ungeziefer?“

„Das glaube ich nicht, Lady“, antwortete er. „Ich habe alles untersucht.“

„Und die Spinne übersehen“, stellte Peter Hoffmann zornig fest.

„Ein Schönheitsfehler, Paps. So was kann vorkommen.“

Commander Perkins ging zu Delta und ließ sich die verletzte Hand zeigen. Der Androide streckte sie ihm hin.

„Das Gift breitet sich in der gesamten Blutbahn aus“, berichtete er. „Es zerstört das organische Gewebe. Cindy wäre bereits tot, wenn sie gebissen worden wäre.“

Seine zierliche Gestalt schwankte. Dann sackte er zusammen.

„Schnell, Camiel“, rief Perkins. „Gib ihm ein Serum.“

„Wir haben nichts dabei, was mir helfen könnte, Sir“, bemerkte Delta. „Ich habe das Gift bereits analysiert. Camiel kann die

Informationen von meiner Positronik abfragen, so daß er im Labor ein entsprechendes Gegenmittel für weitere Fälle entwickeln kann."

Er kippte vornüber und blieb auf dem Gesicht liegen.

„Wir müssen ihn begraben, Sir", sagte Camiel. „Ich werde das übernehmen, sobald ich die Positronik geborgen habe."

Seltsam . . ., dachte Commander Perkins. Delta war nur ein Roboter, eine biologische Maschine, und dennoch berührt mich sein Ende.

Er leitete eine Reihe von Maßnahmen ein, um das Lager noch besser abzusichern und zu schützen. Alle Expeditionsteilnehmer legten Mini-Raks an, leichte Handfeuerwaffen, mit denen kleine, aber hochexplosive Raketen verschossen werden konnten. Camiel brachte die Überreste des Androiden weg, und Randy Perkins machte sich zusammen mit Cindy auf den Weg zu den Ruinen. An einer etwa hundert Meter langen und vier Meter hohen Mauer, aus der in unregelmäßigen Abständen Steinköpfe mit zum Teil völlig fremdartigen Gesichtern hervorragten, machten sie halt.

„Auch auf der Erde gibt es eine solche Mauer", erläuterte Cindy. „Die Gesichter sind jedoch nicht so stark entstellt wie hier."

Sie ließ ihre Hand über einen der Köpfe gleiten, der vier faustgroße Augen hatte. Dann griff sie etwas fester zu.

„Der Stein sitzt locker", bemerkte sie verwundert. „Er läßt sich bewegen."

Sie zog den Kopf einige Zentimeter weit aus der Wand heraus und fuhr dann erschrocken zusammen. Etwa zweihundert Meter von ihnen entfernt schien die Erde zu bersten. Mit ohrenbetäubendem Krachen flogen Dutzende von Steinen hoch in die Luft. Der Boden bebte, und einige der Ruinen stürzten zusammen.

Ein metallener Arm schob sich aus dem Blätterwerk der Büsche empor. Er war etwa fünf Meter lang und endete in scharfen Klauen.

„Da! Sehen Sie“, rief Cindy, die sich unwillkürlich an Commander Perkins klammerte. „Da kommt etwas aus dem Boden hervor.“

Ein zweiter Arm erschien, erhob sich neben dem ersten, bog sich zur Seite und tauchte ins Gebüsch. Dann krachte und donnerte es erneut, und zwischen den beiden Armen wuchs ein kugelförmiger Kopf empor. Ein riesiges Auge, das wie ein Scheinwerfer erschien, erstrahlte im Licht der Sonne. Commander Perkins und Cindy hatten das Gefühl, von einem Blitz getroffen worden zu sein.

„Ein Roboter“, wisperte sie, als fürchte sie, daß dieser sie hören könne. „Mein Gott, ein riesiger Roboter!“

„Schnell“, rief er. „Wir müssen weg.“

Er zog sie mit sich und hastete mit ihr durch die Trümmer, während sich die riesige Maschine hinter ihnen weiter und weiter aus dem Boden hervorarbeitete.

Peter Hoffmann kletterte, mit einer Mini-Rak bewaffnet, auf einen Felsen.

„Nicht schießen!“ schrie der Commander. „Nicht das Feuer eröffnen!“

„Willst du warten, bis dieser Koloß uns angreift?“

„Wir werden ihm keinen Grund dazu geben. Komm herunter!“

Widerwillig folgte Peter Hoffmann dem Befehl.

„Was hast du vor?“ fragte er.

„Wir ziehen uns zurück und warten ab.“ Randy Perkins drängte auch die drei Androiden und Camiel zur Flucht. Inzwischen kroch der gigantische Roboter vollends aus seinem Versteck. Sein Auge erschien noch heller und glänzender als zuvor.

„Er ist mindestens zehn Meter hoch", keuchte Peter Hoffmann, während sie in die Wildnis hinaus flüchteten. „Sieh doch. Er hat vier Arme."

„Von denen zwei mit Waffen bestückt sind", fügte Perkins hinzu.

Eine Rakete raste jaulend über sie hinweg und schlug etwa zehn Meter von ihnen entfernt gegen die Felsen. Ein greller Blitz zuckte auf, und Gesteinssplitter wirbelten durch die Luft. Dann stürzten sie in eine Felsspalte, die etwa zwei Meter tief war und ihnen ausreichend Schutz bot. Einige weitere Geschosse explodierten in ihrer Nähe, ohne sie jedoch zu verletzen.

Dann wurde es still.

Commander Perkins horchte. Er vernahm ein dumpfes Dröhnen, in das sich ein leises Quietschen mischte.

„Der Roboter kommt. Er folgt uns", sagte Camiel. „Er ist offenbar schon lange nicht mehr gewartet worden. Seine Gelenke müßten gefettet werden."

„Mir wäre es lieber gewesen, er wäre ganz eingerostet", entgegnete Peter Hoffmann.

„Weiter", drängte der Commander. Er schob Cindy vor sich her durch den Felsspalt. Abermals ertönten einige Explosionen.

„Das war bei unserem Lager", sagte Camiel. „Die Maschine zerstört, was wir mitgebracht haben."

Er schnellte sich die Felsen hoch, spähte zu dem riesigen Roboter hinüber und sprang augenblicklich wieder in Deckung.

Keine Sekunde zu früh, denn ein Energiestrahl schlug genau an der Stelle ein, an der er eben noch gestanden hatte.

„Sehr unfreundlich", kommentierte Camiel. „Dieses klobige Ding könnte sich zumindest einmal äußern, bevor es auf uns schießt."

„Wir müssen etwas unternehmen", sagte Peter Hoffmann, als sie etwa zweihundert Meter weitergelaufen waren und in den

Urwald eindrangen. „Wir können nicht ewig vor diesem Koloß weglaufen."

Commander Perkins wich einige Meter zur Seite aus und feuerte mehrere Kleinstraketen auf den Roboter ab. Er beobachtete, daß die Geschosse den Riesen trafen, jedoch nicht den geringsten Schaden anrichteten. Rasch flüchtete er zu den anderen zurück, und der Roboter-Gigant antwortete mit Energieschüssen, die tödlich gewesen wären, wenn sie getroffen hätten.

Jetzt konnte er den gewaltigen Kampfautomaten in voller Größe sehen. Der Gigant war noch erheblich größer, als sie angenommen hatten. Er war wenigstens fünfzehn Meter hoch, und er sah aus wie ein ins Riesenhafte vergrößerter Mensch. Seine Linsen lagen ebenso wie bei Camiel unter dünnen Folien verborgen, die nur von innen her durchsichtig waren.

Der Android Alpha wagte sich zu weit aus seiner Deckung hervor, als er auf den Riesen schießen wollte. Ein Energiestrahl zerstörte ihn.

„Camiel", rief Randy Perkins, „du mußt versuchen, das Ding zu umlaufen und von hinten anzugreifen! Du mußt es auf jeden Fall aufhalten, sonst bringt es uns um."

„Ich bin schon unterwegs, Sir", erwiderte der Roboter. „Es wird mir ein Vergnügen sein, diese primitive Maschine lahmzulegen."

„Primitiv? Werde nur nicht übermütig", warnte Peter Hoffmann.

„Aber, Paps. Deine Bemerkungen machen mich stutzig", seufzte Camiel. „Natürlich ist er von schlichter Machart, oder glaubst du etwa, daß er Individualklasse hat?"

Er entfernte sich einige Schritte, drehte sich dann um und blickte den Major an.

„Was ist los mit dir, du grüne Olive? Du hast einen klaren

Befehl. Warum führst du ihn nicht aus?"

„Ich überlege gerade, ob du Individualklasse hast, Paps. Hast du?"

Peter Hoffmann bückte sich, nahm einen Stein auf und warf ihn nach dem Roboter. Camiel wich geschickt aus, ließ so etwas wie ein meckerndes Lachen hören und eilte davon.

„Weiter", drängte Perkins.

Er schob Peter Hoffmann durch die Büsche auf einen schmalen Pfad, der in den Dschungel führte. Beta und Gamma schirmten den Rückzug ab.

Wiederum feuerte der riesige Roboter, dessen Metallpanzer im Licht der Sonne hellblau leuchtete. Dieses Mal schoß er Raketen ab. Sie explodierten mit verheerender Wucht und Zerstörungskraft, jedoch weitab von den Flüchtenden.

„Er hat Camiel bemerkt", flüsterte Cindy. „Jetzt bleibt er stehen."

Sie kauerten sich hinter einen Felsen und verfolgten, wie der olivgrüne Roboter schattengleich durch die Felsen glitt und schließlich im Dickicht einiger Büsche verschwand.

Sein riesiger Gegner beugte sich nach vorn und hob seine vier Arme an, als habe er einen gleich großen Gegner abzuwehren. Er verharrte nach wie vor auf der Stelle.

Doch Camiel überlistete ihn. Plötzlich schoß er aus seinem Versteck hervor und griff den Riesen von hinten an. Kraftvoll schnellte er sich mehrere Meter an ihm hoch, klammerte sich unterhalb der Hüfte an einen Metallbuckel und schwang sich daran weiter nach oben.

Der Koloß bemerkte ihn augenblicklich, reagierte aber dennoch zu langsam. Er griff mit beiden Klauen zu, konnte Camiel aber nicht fassen, da dieser schon zu den Waffenarmen hochgeklettert war und von dort zu den Schultergelenken überwechselte. Dann tauchte er auch schon neben dem Kopf des Riesen auf und winkte Cindy und den beiden Männern zu.

„Haben Sie spezielle Wünsche, Sir?“ rief er. „Oder genügt es Ihnen, wenn ich diesen Goliath schlicht ausschalte?“

Peter Hoffmann, der sich zu dem Commander gesellt hatte, stöhnte gequält.

„Bei dem ist eine Schraube locker“, vermutete er. „Wir schwitzen Blut und Wasser, und er macht Witze.“

Er zuckte erschrocken zusammen, als der Riesenroboter sich überraschend herumwarf und auf diese Weise versuchte, Camiel herabzuschleudern. Doch das technische Wunderwerk des Dr. Andreotti hielt sich, als habe es diesen Angriff erwartet. Camiel schlug mit der flachen Hand gegen den Hinterkopf des großen Roboters, so daß es laut dröhnte.

„Benimm dich, du Grobian“, rief er.

„Wenn er doch nur einmal einen Befehl ausführen würde, ohne seine Mätzchen zu machen“, klagte Hoffmann.

Der Robot-Riese drehte den Oberkörper zur Seite und griff sich immer wieder an die Schultern. Camiel tanzte auf ihm hin und her, so daß es ihm nicht gelang, ihn zu packen. Schließlich feuerte der Riese mit einem Energiestrahler. Der sonnenhelle Blitz zuckte dicht an Camiel vorbei, schien ihn aber auch nicht zu beeindrucken.

Jetzt rannte der Koloß bis in die Nähe des Ruinenfeldes, warf sich hier zu Boden und wälzte sich hin und her.

„Er will Camiel plattwalzen“, sagte Cindy. „Aber das schafft er nicht.“

Plötzlich blitzte es am Kopf des großen Roboters auf, und Camiel flüchtete hinter einen nahen Felsen. Doch sein besiegter Gegner explodierte nicht. Eine dünne Rauchfahne ringelte sich aus seinem Kopf empor, und damit war der Kampf zu Ende.

Einige Minuten verstrichen, in denen die beiden Männer und die Wissenschaftlerin vorsichtshalber in ihrer Deckung verharrten. Dann erschien Camiel wieder neben der riesigen Kampfmaschine und untersuchte sie.

„Sie können kommen“, rief er. „Das Ding ist erledigt. Es sagt keinen Piep mehr.“

„Das stimmt nicht“, bemerkte Cindy. „Ich höre etwas! Sie nicht?“

Perkins blickte sie erstaunt an.

„Nein. Überhaupt nichts. Was will er uns mitteilen?“

„Er warnt uns“, antwortete sie. „Wir sollen die Ruinenstadt verlassen und nichts verändern.“

„Natürlich“, spöttelte Peter Hoffmann. „Das war seine Aufgabe. Er sollte uns vertreiben – und das wäre ihm ja auch beinahe gelungen.“

„Sie wollen bleiben? Peter, wir dürfen die Warnung nicht mißachten!“

„Dieser Goliath hat auf uns geschossen. Er hat den Androiden Alpha zerstört, und ich bin überzeugt, daß er uns umgebracht hätte, wenn er nur gekonnt hätte. Wenn sich jemand soviel Mühe gibt, andere in die Flucht zu jagen, dann muß es in den Ruinen etwas geben, das außerordentlich wertvoll ist. Glauben Sie, ich verzichte darauf, mir das anzusehen? Bestimmt nicht.“

„Seien Sie doch vernünftig, Peter“, rief sie erregt. „Es geht nicht um einen Schatz.“

„Nein?“ Er lächelte. Offensichtlich teilte er ihre Bedenken nicht.

„Nein, Peter, wirklich nicht.“ Sie zeigte auf die Ruinen. „Da drüben lauert das Böse ... Ich bin mir dessen ganz sicher. Wir werden es bereuen, wenn wir es aus seinem Verlies befreien.“

„Sie sind ein wenig durcheinander“, sagte Commander Perkins. Er legte Cindy seinen Arm um die Schultern. „Wir werden trotz allem bleiben. Und wir werden auch nicht mehr darüber diskutieren, ob das richtig ist oder nicht.“

Sie gingen an dem zerstörten Roboter vorbei, und Perkins erteilte Camiel und den Androiden den Befehl, vorsichtshalber die Waffenarme des Riesen abzubauen, damit es keine unliebsame Überraschung geben konnte, falls dieser sich doch noch wieder erholte.

## Die geheime Botschaft

Um die Wissenschaftlerin zu beruhigen, durchsuchte der Commander zusammen mit Peter Hoffmann und ihr das Ruinenfeld, ohne dabei allerdings auf irgend etwas zu stoßen, was das Geschehen der letzten Stunden erklärt hätte. Cindy litt unter starken Kopfschmerzen, ließ sich aber dennoch nicht davon abbringen, die Ruinen zu durchforschen. Immer wieder kehrte sie zum Sonnentor zurück und betrachtete die geheimnisvollen Figuren und Symbole, die ein unbekannter Künstler in den Stein gemeißelt hatte.

Commander Perkins ließ sie nicht aus den Augen. Er machte sich Sorgen um sie, und er machte sich Vorwürfe, weil er damit einverstanden gewesen war, daß sie an dieser Expedition teilnahm.

Bei jedem Vorstoß zu den Sternen hat es Schwierigkeiten und Gefahren gegeben, sagte er sich. Aber ich habe geglaubt, daß dieses Mal nichts passieren kann. Ich hätte es besser wissen müssen . . .

Als die Dunkelheit hereinbrach, blieb er vor dem Zelt sitzen, während Peter Hoffmann sich zum Schlafen zurückzog. Auch Cindy legte sich hin, doch sie trat schon bald wieder ins Freie. Ihr Gesicht erschien ungewöhnlich bleich im Licht der drei Monde von Error. Obwohl ihre Augen weit geöffnet waren, bemerkte sie den Commander nicht, als dieser zu ihr ging.

„Nein", flüsterte sie. „Ich werde es nicht tun."

„Cindy", sagte er behutsam. „Was ist mit Ihnen? Wachen Sie doch auf."

Sie hörte ihn nicht.

„Das Böse ist da", wisperte sie. „Es lebt. Es schläft. Wir dürfen es nicht wecken."

„Wo ist das Böse?" fragte er.

„Unten", antwortete sie. „Tief unten. Es wartet. Wir dürfen es nicht befreien. Wir müssen weggehen. Weit weggehen."

„Das können wir nicht, Cindy."

„Wir müssen es tun. Das Böse schläft. Aber nicht mehr lange. Durch unsere Schuld wird es aus der Tiefe aufsteigen."

Commander Perkins glaubte, daß sie nur einen bedeutungslosen Traum hatte. Ihre Worte schienen lediglich Ausdruck ihrer Ängste zu sein.

Unter der Ruinenstadt ist nichts, dachte er. Natürlich nicht.

Oder doch?

Forschend blickte er die junge Frau an. Er war unsicher geworden.

Wußte Cindy mehr als Peter Hoffmann und er? Gab es tatsächlich ein Geheimnis, das sich unter den Ruinen verbarg und das so gefährlich war, daß sie es besser nicht berührten?

Stöhnend preßte sie sich die Hände gegen die Schläfen.

„Wachen Sie auf, Cindy", sagte der Commander leise. „Kommen Sie. Es wird alles gut werden."

„Das Böse schläft", wiederholte sie, und sie betonte diese Worte noch stärker als vorher. „Es muß noch lange schlafen, bis es sich endlich gewandelt hat. Warum wollen Sie es wecken?"

„Niemand will seinen Schlaf stören", erwiderte er, um sie zu beruhigen.

Cindy fuhr erschrocken zusammen, als habe sie eine geheime

Botschaft empfangen. Sekunden darauf stürzte eine der Ruinen krachend zusammen.

Die Augen der Wissenschaftlerin wurden wieder klar. Verwirrt sah sie sich um.

„Wieso bin ich hier draußen? Ich habe doch geschlafen", murmelte sie. „Was war das für ein Krach? Randy, was ist los?"

„Sie haben geträumt, Cindy. Weiter nichts."

„Geträumt?" Sie senkte den Kopf und dachte angestrengt nach. Energisch schüttelte sie den Kopf. „Nein, Sie irren sich, Randy. Das war kein Traum. Es war etwas anderes."

Sie griff nach seinem Arm und blickte ihn beschwörend an. „Ich habe Stimmen gehört! Es waren zwei verschiedene Stimmen. Die eine wollte mich dazu bringen, irgend etwas zu tun. Was war es doch? Irgend etwas mit den Ruinen dort drüben."

„Und die andere Stimme?"

„Sie ist verstummt. Ich glaube, sie kam von dem großen Roboter. Sie wollte, daß wir von hier weggehen. Sie hat mich vor einer schrecklichen Gefahr gewarnt."

Er nickte.

„Gut, Cindy", versprach er. „Ich werde mich um den Roboter kümmern. Sobald es hell ist, nehmen wir ihn auseinander. Wir werden klären, was es mit dieser Stimme auf sich hat. Gehen Sie ins Zelt und versuchen Sie zu schlafen."

„Danke, Randy. Ich glaube, daß ich jetzt Ruhe finden werde."

Sie lächelte und zog sich ins Zelt zurück.

„Camiel", rief der Commander mit gedämpfter Stimme.

„Ja, Sir?" Lautlos wie ein Schatten glitt der Roboter heran.

„Komm mit mir." Der Commander eilte zum Ruinenfeld hinüber. „Da drüben ist etwas umgestürzt. Ich will wissen, was es war."

„Das Sonnentor", antwortete Camiel.

Er hatte recht. Das mächtige Tor, das aus einem einzigen Stein geschlagen war, hatte sich weit zur Seite geneigt. Ein großes Stück aus seiner Vorderfront war herausgebrochen. Perkins untersuchte es.

Der Boden muß sich abgesenkt haben, dachte er. Aber warum? Zu erkennen ist nichts.

„Fällt dir irgend etwas auf?" fragte er.

„Ihre Frage schmeichelt mir, Sir. Sie macht mir bewußt, daß ich mehr sehe als Sie."

„Hör auf. Bei mir zieht das nicht", lachte der Commander. „Also, was ist es?"

„Der Boden an dieser Seite des Sonnentors hat eine höhere Temperatur als auf der anderen Seite."

„Wie groß ist die Differenz?"

„Etwas mehr als ein Grad, Sir. Wenn Sie genaue Werte haben wollen, werde ich ..."

„Nein, nein, schon gut", wehrte der Offizier ab. „Worauf führst du den Unterschied zurück?"

„Ich kann es nicht erklären. Zuweilen kann selbst ein Roboter der Individualklasse der 27. Generation ohne weitere Informationen keine exakten Aussagen machen."

„Geh ins Lager. Ich will wissen, ob sich etwas unter diesen Ruinen verbirgt. Dazu benötige ich Ortungsgeräte und Sonden. Hole sie."

„Ich bin sofort zurück, Sir", versprach Camiel und eilte davon.

Perkins spürte, daß der Boden unter ihm bebte, und ihm ging wieder durch den Sinn, was Cindy gesagt hatte.

Könnte es nicht doch wahr sein? überlegte er. Möglicherweise ist da unten tatsächlich etwas, was besser dort bliebe? Vielleicht hat dieser riesige Roboter es bewacht, damit es nicht ausbricht? Dann hätten wir einen kapitalen Bock geschossen ...

Camiel kehrte mit einigen Geräten zurück.

Wenn da unten wirklich etwas sein sollte, wäre es allerdings besser, wenn wir so schnell wie möglich von hier verschwänden, dachte der Commander, während der Roboter die Apparaturen aufbaute.

„Ein Teil unserer Ausrüstung ist leider zerstört worden", erläuterte er dabei. „Wir müßten jedoch auch mit dem auskommen können, was wir noch haben."

Abermals bebte der Boden. Dieses Mal waren die Erdstöße stärker, und mehrere Ruinen stürzten ein.

„Randy, was ist los?" fragte Peter Hoffmann, der plötzlich aus der Dunkelheit auftauchte.

„Hier tut sich was, Peter. Ich weiß nur noch nicht, was."

Knirschend neigte sich das Sonnentor zur Seite, richtete sich langsam wieder etwas auf und platzte dann mit ohrenbetäubendem Krachen auseinander. Es zerbrach in mehrere Teilstücke. Camiel und der Commander sprangen zur Seite, um ihnen auszuweichen. Dann versuchte der Roboter, einige der aufgebauten Geräte zu retten. Doch er kam zu spät. Die Trümmerstücke begruben sie unter sich und zerstörten sie.

„Wir können hier nicht bleiben, Sir", sagte Camiel. „Ich muß Ihnen den sofortigen Rückzug empfehlen."

„He, warum? Werde mal ein wenig deutlicher", rief Peter Hoffmann.

„Der Untergrund ist in Bewegung geraten, Paps. Unter uns ist irgend etwas erwacht. Ich kann noch keine genauen Angaben machen. Ich stelle nur fest, daß unter den Ruinen weitaus mehr ist, als wir bisher angenommen haben."

Wenige Meter von ihnen entfernt barst eine Felsplatte. Geröll und Gestrüpp stürzten in die Tiefe und schlugen weit unter ihnen auf.

„Komm! Schnell!" drängte Commander Perkins. Er schob den Freund vor sich her. Weit vor ihnen kletterte Cindy auf einen Felsen. Sie konnten sie im hellen Mondlicht deutlich sehen. Sie rief etwas, doch sie verstanden sie nicht. Ihre Stimme ging in dem Krachen und Donnern einstürzender Ruinen unter.

„Wir müssen weg", brüllte Peter Hoffmann, während sie zu Cindy rannten. „Schneller! Hier bleibt kein Stein auf dem anderen."

Sie sprang vom Felsen herunter und flüchtete mit ihnen bis in den Dschungel. Hier endlich wähnten sie sich sicher. Sie blieben stehen und versuchten in der Dunkelheit etwas zu erkennen. Doch mittlerweile waren Wolken aufgezogen, die die Monde verhüllten, so daß sie kaum etwas sehen konnten. Lautes Dröhnen und Krachen klang von der verfallenen Stadt zu ihnen herüber, so als ob eine gewaltige Maschine die Steine zermalmte.

„Was haben Sie getan?" fragte Cindy entsetzt.

„Überhaupt nichts", antwortete Perkins. „Ich habe nichts verändert."

„Ich begreife das nicht", sagte Peter Hoffmann. „Was geschieht denn da?"

Camiel kam mit den beiden Androiden zu ihnen.

„Der Boden wölbt sich auf", berichtete er. „Irgend etwas kommt von unten hoch. Es muß riesig sein."

Professor Common arbeitete inzwischen unermüdlich an dem positronischen Bauteil, das er im Dimensionsbrecher entdeckt hatte, und das dafür verantwortlich war, daß sieben Expeditionen ihr Ziel nicht erreicht hatten. Er kapselte sich von allen anderen Wissenschaftlern von Delta-4 ab, um ungestört arbeiten zu können, und er weigerte sich vor allem, noch einmal mit Oberst G. Camiel Jason zu sprechen.

Mit unendlicher Geduld versuchte er, den Geheimnissen der Positronik auf die Spur zu kommen. Das winzige Bauteil war ein ungemein kompliziertes Gebilde. Seine Konstrukteure hatten es geschafft, auf kleinstem Raum eine hochentwickelte Technik unterzubringen, die hundertfach größeren terranischen Computern weit überlegen war. Noch niemals zuvor hatte der Wissenschaftler vor einer so schweren Aufgabe gestanden. Immer wieder stieß er auf Probleme, die unlösbar zu sein schienen, und einige Male war er dicht davor, aufzugeben. Doch dann dachte er daran, daß nur er den verschollenen Expeditionen helfen konnte, und er machte weiter.

Er wußte, daß er sich keine Pause gönnen durfte. Ständig fürchtete er, daß Oberst Jason die Täuschung bemerkte und dann das richtige Bauteil forderte. Das wäre das Ende aller Hoffnungen gewesen.

Irgendwo in diesem Modul steckt eine Information darüber, wohin die Expeditionen gegangen sind, dachte der Professor. Ich muß sie finden.

Er war keineswegs der gleichen Ansicht wie Oberst Jason. Er glaubte nicht daran, daß die Copaner falsches Spiel getrieben hatten. Er sah sie als Freunde an, und er vertraute ihnen.

Vielleicht ist einer unter ihnen, der uns betrügen will, überlegte er. Das copanische Volk aber meint es ehrlich. Möglicherweise hat es gar nichts mit dem Freundschaftsvertrag zu tun.

Nachdem er vierzehn Stunden ununterbrochen gearbeitet hatte, stieß er überraschend auf eine Schaltung, die ihm entscheidend weiterhalf. Jetzt wußte er, in welche Richtung seine Forschungen gehen mußten, wenn sie zum Ziel führen sollten.

Als die Sonne über Error aufging, wurde das ganze Ausmaß des Geschehens deutlich. Ein gigantisches Ungeheuer schien seinen Rachen geöffnet und die Ruinenstadt verschlungen zu haben.

„Ein riesiges Tor hat sich geöffnet" berichtete der Roboter, als er von einem Erkundungsgang zurückkehrte.

„Alle Ruinen sind in der Tiefe verschwunden. Nichts mehr ist von ihnen geblieben."

Commander Perkins, Peter Hoffmann und Cindy kämpften sich durch dichtes Gebüsch einen Hügel hinauf, von dem aus sie besser sehen konnten.

„Das gibt es doch gar nicht", stammelte der Major. „So etwas ist nicht möglich."

„Offensichtlich doch", entgegnete der Commander, der ruhig und gelassen blieb, obwohl er genauso überrascht war wie der Major.

„Ich habe es gewußt", sagte Cindy mit tonloser Stimme. „Ich habe es die ganze Zeit über gewußt."

Fassungslos standen sie dem Bild gegenüber, das sich ihnen bot. Jetzt erkannten sie, daß die Ruinen der verlassenen Stadt auf den Flügeln eines riesigen Tores gestanden hatten, das sich geöffnet hatte. Die beiden Schotte waren etwa zweihundert Meter breit und hundert Meter hoch. Zwischen ihnen gähnte ein düsteres Loch.

„Das sehen wir uns aus der Nähe an", sagte Perkins.

„Kommt."

„Nein!" rief Cindy. „Randy, hören Sie wenigstens jetzt auf mich!"

„Wir müssen uns damit auseinandersetzen", antwortete er. „Es wäre sinnlos, wegzulaufen. Wohin sollten wir denn auch fliehen?"

Cindy stimmte nicht mit ihm überein. Sie folgte ihm nur zögernd.

Peter Hoffmann trieb Camiel und die beiden Androiden an. „Los! Steht hier nicht so träge herum."

Die beiden biologischen Roboter störten ihn und machten ihn nervös. Er war ohnehin kein Freund von Robotern; wenn sie aber dem menschlichen Äußeren so angeglichen waren wie diese Androiden, dann riefen sie einen schier unüberwindlichen Widerwillen in ihm hervor.

Vorsichtig näherten sie sich nun dem Rand des riesigen Schachtes.

„Wir kommen nicht nahe genug heran", sagte Peter Hoffmann. „Der Boden bröckelt überall ab. Wir rutschen in den Schacht, wenn wir nicht aufpassen! Was meint ihr, wie tief ist das Loch?"

„Hast du eine Idee, wie wir hinuntersteigen können?" entgegnete der Commander. „Wir haben keine Stricke, an denen wir uns hinunterlassen können."

„Wir springen", schlug Camiel vor. Er bückte sich, nahm einen Stein auf und schleuderte ihn zwischen die beiden Torflügel, zwischen denen das Geschoß sanft wie eine Daunenfeder nach unten schwebte.

„Ein Antigravitationsfeld", sagte Peter Hoffmann staunend. „In dem Schacht herrscht eine geringere Schwerkraft als hier. Deshalb sinkt der Stein so langsam nach unten."

„Worauf warten wir noch?" fragte Commander Perkins.

„Du willst da runter?" Peter Hoffmann erbleichte. „Randy, wir haben nicht den geringsten Beweis dafür, daß wir ebenso wie der Stein in dem Antigravitationsfeld schweben können. Außerdem wissen wir nicht, was uns da unten erwartet. Und wie kommen wir wieder nach oben? Es könnte ja sein, daß es uns hierher zurückzieht. Oder?"

Der Commander lächelte.

„Willst du dich von den Ereignissen überrollen lassen?" entgegnete er. „Ich meine, es ist schon genug geschehen, ohne daß wir etwas unternommen haben. Es wird Zeit, daß wir versuchen, die Dinge nach unseren Vorstellungen zu lenken."

Er gab Camiel ein Zeichen.

„Du zuerst", befahl er.

Der olivgrüne Roboter rannte auf die Schachtöffnung zu und sprang mit einem weiten Satz hinein. Noch im Sprung drehte er sich um und ruderte mit beiden Armen.

„Es funktioniert, Paps", rief er. „Nimm deine Hammelbeine zusammen und komm!"

„Dieser verfluchte Plastikheini", zischte der Major wütend. „Was bildet er sich eigentlich ein? Na warte, Freundchen! Du sollst mich kennenlernen!"

„Du ärgerst dich ja wirklich", staunte Randy Perkins.

„Und ob", antwortete Hoffmann. „Ich laß mir doch von so einer Olive keine Frechheiten bieten."

Er stürmte hinter Camiel her und schnellte sich mit einem Kopfsprung in den Schacht hinein. Auch er schwebte in dem künstlichen Schwerefeld sanft nach unten.

„Los! Hinterher!" befahl der Commander den beiden Androiden. Dann nahm er Cindy bei der Hand und folgte dem Major.

Camiel, Peter Hoffmann und die beiden Androiden waren nur wenige Meter unter ihnen. Das Sonnenlicht schien in den Schacht, der etwa hundert Meter tief war und dessen Wände aus glattem Stein zu bestehen schienen. Auf dem ebenen Grund lagen zahlreiche Steine, die aus der Ruinenstadt herabgeglitten waren. Unmittelbar über der Bodenfläche wölbten sich zahlreiche Torbögen in den Schachtwänden.

„Mir wäre wohler, wenn ich wüßte, was das alles zu bedeuten hat", sagte Cindy.

Sie löste sich von Commander Perkins, als sie sanft zwischen den Trümmerstücken landeten.

„Mir auch", erwiderte er.

„Da geht es weiter", stellte Peter Hoffmann fest und zeigte auf die Torbögen, unter denen breite Türen zu erkennen waren. „Da wir nun schon mal hier sind, sollten wir uns weiter umsehen."

Cindy stellte sich ihnen in den Weg.

„Nein", sagte sie eindringlich. „Wir sollten die Türen nicht öffnen. Ich meine, wir haben schon genug angerichtet. Jetzt muß Schluß sein. Wir sollten versuchen, die großen Schotte da oben wieder zu schließen. Vielleicht ist es noch nicht zu spät dazu."

„Was sollen wir denn getan haben?" widersprach Randy Perkins ihr. „Cindy, wir hatten gar nicht die Möglichkeit dazu. Wir haben lediglich blind herumgetastet."

„Und damit haben wir bewirkt, daß hier etwas in Gang gesetzt wurde, was größer und mächtiger ist als wir."

Er blickte sie forschend an.

„Hören Sie wieder Stimmen, Cindy?"

„Nein, Randy. Alles ist still. Ich höre nichts, und ich habe keine Kopfschmerzen mehr. Das ist es ja. Ich bin sicher, daß hinter diesen Türen etwas ist, das mich die ganze Zeit über mit seinen Gedanken beeinflußt hat. Jetzt aber läßt es mich in Ruhe, weil es am Ziel ist."

„Mag sein, daß Sie recht haben, Cindy, aber ich glaube nicht daran", erwiderte der Commander ernst. „Wir werden uns ansehen, was hinter den Türen ist."

# Im Reich der Schläfer

Unter den Torbögen vor der ersten Tür erkannten sie, daß es alles andere als leicht war, weiter vorzudringen. Über einem großen Hebel befand sich eine Scheibe mit einem wabenförmigen Muster an der Tür. Auf diesem bildeten zahlreiche rote und grüne Punkte zwei gegnerische Gruppen.

„Seltsam", sagte Peter Hoffmann. „Das sieht wie ein Spiel aus."

„Ja, du hast recht", pflichtete ihm Randy Perkins bei. „Aber das ist es ganz gewiß nicht."

„Ich bin mir da nicht so sicher."

„Ich glaube, ich weiß, wie diese Türen geöffnet werden", behauptete Cindy. Sie eilte zu einigen anderen Türen und kehrte danach zufrieden lächelnd zurück. „Überall sind die gleichen Muster. Das bedeutet, daß wir alle Türen entriegeln, wenn wir die Aufgabe lösen. Aber das können wir nicht. Der Schlüssel zu dem Inneren der Anlage ist ein Spiel. Es erinnert mich an Schach. Und nur wenn wir das Spiel richtig fortsetzen und zu Ende bringen, kommen wir weiter. Machen wir jedoch einen Fehler, werden die Türen versperrt bleiben. Und das ist gut so, denn wir werden zwangsläufig Fehler machen, weil wir die Spielregeln nicht kennen."

„Ich glaube, Sie freuen sich zu früh, Lady", bemerkte Camiel.

Cindy fuhr herum.

„Was willst du damit sagen?"

„Ich bin durchaus in der Lage, erstens die Spielregeln zu errechnen und zweitens das Spiel richtig zu beenden."

„Das kann ich mir nicht vorstellen."

„Cindy, jetzt schwindeln Sie", lächelte der Commander. „Sie sind Physikerin und Mathematikerin. Sie wissen, was ein Roboter zu leisten vermag."

„Und noch dazu einer aus der 27. Generation der Individualklasse", fügte Camiel mit sanfter Betonung hinzu. „Ein Geschöpf wie ich, vermag wahrhaft . . ."

„Camiel", drohte Peter Hoffmann grollend. „Das genügt."

„Du willst nicht hören, Paps, welch glückliche Kombination von Technik, Kunst und . . ."

„Nein", unterbrach ihn der Major.

„Das ist schade", bedauerte der Roboter. „Nun gut. Die Stellung der roten und grünen Punkte sagt alles über die Regeln aus. Der Rest läßt sich errechnen. Natürlich nur von einem genialen Geist."

Cindy wußte, daß Camiel recht hatte. Im Kopf des Roboters befand sich der modernste und leistungsfähigste Klein-Computer, der je auf der Erde hergestellt worden war. Daher konnte es nur noch eine Zeitfrage sein, bis Camiel die Aufgabe bewältigt hatte.

Nach viereinhalb Minuten begann der Roboter damit, die Punkte zu verschieben. Er entwickelte ein Spiel, das Randy Perkins und Peter Hoffmann verwirrend und unlogisch vorkam. Cindy wandte sich ab. Sie blickte erst wieder auf, als sich die Tür laut klickend öffnete. Gleichzeitig entriegelten sich auch die anderen Zugänge.

Ein etwa fünf Meter langer Gang führte zu einem Gewölbe, in dem eine mächtige Gestalt aus blauem Stahl stand. Deckenstrahler tauchten sie in gleißendes Licht.

„Marco Catar", sagte Cindy. „Diese Statue da oben ist also nicht zufällig da."

Tatsächlich glich die Statue der erwähnten Steinfigur aufs Haar. Auffallend waren vor allem die übergroßen Augen und die aufgeworfenen Lippen. Der Kopf saß auf einem äußerst kurzen Hals und schien viel zu schwer für den kleinen Körper zu sein. Eine goldene Kette, die mit schimmernden Edelsteinen besetzt war, zierte die Stirn Marco Catars.

„Versucht sie zu öffnen", befahl Commander Perkins den beiden Androiden und zeigte auf eine Tür, die sich wenige Schritte neben der Statue befand. „Wir gehen weiter."

„Sehen Sie sich Marco Catar an", forderte Cindy. „Mir ist, als ob er mich anstarrt! Seine Augen funkeln, und mir scheint, sie haben einen triumphierenden Ausdruck."

„Lassen Sie sich nicht täuschen, Cindy. Das ist das Licht. Marco Catar ist nichts weiter als ein Standbild. Diese Anlage besteht seit Hunderten von Jahren. Die Ruinen oben beweisen es. Hier unten gibt es nichts, wovor wir uns fürchten müßten. Niemand bedroht uns, und niemand triumphiert."

„Hoffentlich ist es wirklich so."

Die beiden Androiden gingen durch die Tür in eine sich

anschließende Halle und bogen zur Seite ab. Im gleichen Augenblick krachte es. Ein Geschoß explodierte, und Flammen schossen hoch.

Commander Perkins, Peter Hoffmann und Camiel stürzten sich mit angeschlagenen Waffen in die Halle. Sie schnellten sich über die beiden zerstörten Androiden hinweg, die auf dem Boden lagen, und griffen den vierbeinigen Roboter an, der auf sie geschossen hatte. Er war etwa drei Meter hoch und hatte einen Körper, der aus zwei Kugeln bestand. Aus der oberen Kugel ragte der Projektor eines Energiestrahlers hervor.

Randy Perkins feuerte in rascher Folge mehrere Mini-Raks ab. Die Geschosse rasten jaulend auf die Kampfmaschine zu und trafen, bevor diese ihre Waffen abermals auslösen konnte. Die untere der beiden Kugeln platzte in einem Feuerball auseinander, und der Roboter brach zusammen. Er stürzte auf den Boden und löste sich in seine Bestandteile auf.

„Wir können also ganz ruhig sein", spöttelte Cindy, die über den raschen Sieg erleichtert war. „Niemand und nichts bedroht uns."

„Mit Überraschungen muß man immer rechnen", erwiderte der Major und grinste schief. „Das macht die Expeditionen mit uns so interessant."

In der Halle, die etwa hundert Meter lang, dreißig Meter tief und wenigstens zwanzig Meter hoch war, standen riesige Maschinen, die leise summend arbeiteten. Perkins vermutete in ihnen ein Kraftwerk, in dem gewaltige Energiemengen erzeugt wurden.

„Das könnte stimmen", sagte Cindy. „Ich frage mich nur, wozu hier soviel Energie benötigt wird."

„Das werden wir bald wissen", erwiderte Peter Hoffmann. Er eilte hinter dem Commander her, der gemeinsam mit Camiel die Halle nach weiteren Robotern absuchte. Schon bald kehrte der

Commander zu Cindy zurück, die bei den zerstörten Androiden geblieben war.

„Es kann weitergehen“, sagte Randy Perkins. Forschend blickte er die junge Frau an. „Was ist mit Ihnen, Cindy? Sie sehen so nachdenklich aus.“

„Das bin ich auch“, antwortete sie. „Da sind einige Fragen, die mich einfach nicht loslassen. Zum Beispiel möchte ich wissen, ob wir nur zufällig auf dieser Welt gelandet sind, oder ob jemand den Dimensionsbrecher absichtlich so umprogrammiert hat, daß wir hierher kommen mußten.“

„Vermutlich steckt ein Plan dahinter“, erwiderte der Commander. „Bevor wir jedoch nicht noch mehr von dieser Anlage gesehen haben, werden wir es nicht erfahren.“

Er führte sie quer durch die Halle zu einer Tür, an der Camiel und Peter Hoffmann auf sie warteten. Die beiden stritten miteinander, wobei der Roboter wieder die Oberhand zu haben schien. Als sie Perkins und die junge Frau sahen, brachen sie ihr Gespräch ab.

„Dies ist das Schott einer Schleuse“, erläuterte Perkins. „Peter, Camiel und ich gehen zuerst hindurch. Wir holen Sie dann nach.“

Cindy protestierte nicht. Sie wußte, daß sie damit rechnen mußten, auf der anderen Seite der Schleuse von Robotern angegriffen zu werden, und sie verspürte wenig Lust, sich mit ihnen zu schießen. Das mochten Camiel und die Männer erledigen.

„Ein verdammt unangenehmes Gefühl ist das“, sagte Peter Hoffmann, als sich die Schleusentür hinter ihm geschlossen hatte und sie darauf warteten, daß die gegenüberliegende Tür sich öffnete. „Wenn wir Pech haben, werden wir von Robotern erwartet, die nichts Besseres zu tun haben, als auf uns loszugehen.“

Commander Perkins drückte eine Taste an der Wand, und das Schott glitt zur Seite. Mit den Waffen in den Händen stürmten die beiden Männer und der Roboter auf einen Gang hinaus.

Doch schon nach wenigen Schritten blieben sie stehen. Sie glaubten, ihren Augen nicht trauen zu dürfen.

Während Commander Perkins in die geheimnisvolle Station auf Error eindrang, setzte viertausend Lichtjahre entfernt Professor Common die Suche nach ihm und den anderen Verschollenen fort. Immer neue Schwierigkeiten türmten sich vor ihm auf, und noch viele Probleme waren ungelöst, als Oberst G. Camiel Jason zusammen mit Leutnant Keefer das Labor des Dimensionsbrechers betrat. Beunruhigt blickte Professor Common von seiner Arbeit auf. Selten hatte er den Abwehrchef der Mondstation Delta-4 so erregt gesehen.

„Was gibt es, Oberst?“ fragte er und lehnte sich erschöpft in seinem Sessel zurück.

Der Abwehrchef blickte ihn mit zornig funkelnden Augen an. „Ich bin soeben einem unglaublichen Betrug auf die Spur gekommen, Professor“, erklärte er mühsam beherrscht. „Sie haben sich erlaubt, mir ein falsches Modul zu geben.“

Er gab Keefer einen Wink, und der Leutnant legte das positronische Bauteil, welches der Wissenschaftler Oberst Jason untergeschoben hatte, auf den Tisch.

„Ach, tatsächlich?“ entgegnete Professor Common und tat, als sei er maßlos überrascht. „Sollte mir ein solcher Fehler unterlaufen sein? Lassen Sie mal sehen.“

Er streckte die Hand nach dem Modul aus.

„Es reicht“, sagte der Abwehrchef erregt. „Sie setzen das Schicksal der gesamten Menschheit aufs Spiel! Ich erwarte, daß Sie mir das richtige Bauteil auf der Stelle aushändigen. Und hören Sie auf, mir Knüppel zwischen die Beine zu werfen.“

Der Wissenschaftler lächelte gelassen. Er fühlte sich sicher.

„Ich weiß nicht, wovon Sie reden“, entgegnete er. „Das Modul muß in Ihrem Büro vertauscht worden sein.“

„Glauben Sie nicht, daß Sie Narrenfreiheit haben, nur weil Sie zufällig der einzige sind, der mit dem Dimensionsbrecher umgehen kann.“

„Wenn Sie meinen, daß Sie sich ein anderes Modul holen müssen, dann bedienen Sie sich ruhig.“ Professor Common deutete auf die Schalttafel. Er war absolut sicher, daß Oberst G. Camiel Jason unter den Tausenden Moduln, aus denen sich der Zentralcomputer des Dimensionsbrechers zusammensetzte, niemals das richtige herausfinden würde. Um so erstaunter war er, als Leutnant Keefer plötzlich zu der Schalttafel ging und mit wenigen Griffen eine Deckplatte entfernte. Der Abwehrchef von Delta-4 blickte Professor Common entgeistert an. Auch er konnte sich nicht erklären, was geschah.

Leutnant Keefer handelte wie in Trance. Er griff in das Gewirr der Schaltungen hinein nach dem richtigen Bauteil. Dann erstarrte er. Schweiß bedeckte plötzlich sein Gesicht. Er zog seine Hand zurück, als habe er einen elektrischen Schlag bekommen.

„Hier ist es nicht“, stammelte er und wandte sich von der Schalttafel ab. Er wollte zur Tür gehen, doch Oberst Jason befahl ihn mit schneidend scharfer Stimme zu sich. Er streckte ihm die Hand entgegen.

„Geben Sie es mir!“ forderte er.

„Ich weiß nicht, welches Teil es ist.“

„Doch, das wissen Sie, Keefer, und ich warte darauf, daß Sie mir sagen, woher.“

Professor Common erhob sich.

„Das ist einfach zu beantworten, Oberst“, sagte er. „Nur Leutnant Keefer kann derjenige gewesen sein, der es eingebaut hat. Im Auftrag eines anderen."

„Aber das ist nicht wahr", wehrte der Leutnant sich. Er blickte den Wissenschaftler verzweifelt an. „Glauben Sie mir doch."

„Geben Sie mir das Modul, Professor", befahl der Abwehrchef.

Professor Common sah ein, daß es sinnlos gewesen wäre, sich noch länger zu weigern. Er löste die Schalteinheit aus dem Computer und überreichte sie Jason. Grimmig lächelnd steckte dieser sie ein.

„Kommen Sie, Keefer. Wir haben einiges zu besprechen", sagte er dann.

Drei Stunden später kehrte Jason in das Labor zurück. Nie zuvor hatte Professor Common ihn so verstört gesehen.

Er hat Angst! erkannte er. Grauenhafte Angst.

Fassungslos standen Commander Perkins und Peter Hoffmann vor dem Geheimnis der Anlage von Error.

Vor ihnen erstreckte sich eine gläserne Wand, hinter der sich zahllose wabenartige Zellen befanden. In diesen schwebten unbekleidete menschliche Gestalten. Sie hatten eine dunkelblaue Hautfarbe, unverhältnismäßig große Augen, kräftige, aber flache Nasen und aufgeworfene Lippen. Ihre Köpfe waren im Vergleich zu ihren Körpern groß und schwer.

„Marco Catar – in tausendfacher Ausfertigung", sagte Peter Hoffmann staunend. „Tausende, Zehntausende von schlafenden Wesen. Wer hätte das gedacht!"

Die Fremden schwammen in einer farblosen Flüssigkeit, in der sie offenbar am Leben erhalten wurden, die sie mit allem versorgte, was sie in ihrem Jahrhunderte währenden Schlaf benötigten.

Commander Perkins zuckte plötzlich zusammen.

„Cindy", sagte er. „Mein Gott, wir haben Cindy vergessen."

„Ich wollte Sie gerade daran erinnern, Sir“, bemerkte Camiel.

„Hole sie. Schnell! Sie muß das hier sehen.“

„Davor hat sie uns gewarnt“, sagte Peter Hoffmann. „Erinnerst du dich?“

„Natürlich“, erwiderte er, während der Roboter zu der noch offenen Schleuse eilte, um die Wissenschaftlerin zu holen. „Ich glaube jedoch nicht, daß wir uns vor Schlafenden fürchten müssen.“

„Wahrscheinlich nicht, Randy. Unangenehm wird es nur für uns, wenn wir sie dadurch aufgeweckt haben, daß wir hier eingedrungen sind.“

Er trat näher an die gläserne Wand heran und betrachtete die fremden Wesen.

„Sie sind mir unheimlich, Randy. Irgendwie sehen sie böse aus.“

Der Commander lächelte nachsichtig.

„Mag sein, Peter, aber sie sind es nicht. So etwas gibt es nicht, daß ganze Völker entweder nur böse oder nur gut sind. Beide Charaktereigenschaften mischen sich.“

„Hoffentlich.“

Camiel kehrte zurück.

„Die Lady ist nicht mehr da“, teilte er mit ausdrucksloser Stimme mit.

„Was? Was hast du da gesagt?“ rief Peter Hoffmann entgeistert. „Du glaubst doch wohl nicht, Witze machen zu müssen?“

„Nichts liegt mir ferner, Paps“, erwiderte der Roboter. „Die Lady ist tatsächlich verschwunden.“

Die beiden Männer eilten zur Schleuse. Ungeduldig warteten sie darauf, daß sich das Innenschott schloß, da sich das andere vorher nicht öffnete. Endlos schien sich die Zeit zu dehnen, bis sie die Maschinenhalle betreten konnten. Cindy war nicht da. Sie riefen ihren Namen, erhielten jedoch keine Antwort.

Voller Sorge rannten sie zu dem Standbild Marco Catars und

schließlich zu dem nach oben führenden Schacht zurück. Doch sie fanden die Wissenschaftlerin nicht.

„Camiel, kannst du irgendwelche Spuren sehen?“ fragte der Commander.

„Ich habe schon danach gesucht, Sir. Leider erfolglos.“

„Sie kann sich doch nicht einfach in Luft aufgelöst haben“, sagte Peter Hoffmann. Er versuchte sie mit Hilfe seines Armbandfunkgerätes zu erreichen, doch Cindy antwortete nicht.

„Was sollen wir tun?“ fragte er. „Wir müssen doch etwas unternehmen.“

„Wir werden weitersuchen. Überall“, erwiderte Randy. „Irgendwo muß sie sein!“

Tausend Gedanken gingen ihm durch den Kopf. War Cindy von einem Roboter entführt worden? Waren einige der Schläfer erwacht und hatten sie überwältigt? Oder hatte sie etwas entdeckt, das sie derart fasziniert hatte, daß sie darüber alles andere vergessen hatte?

Nein, entschied er. Cindy würde uns früher oder später benachrichtigen. Sie würde uns nicht im Zweifel lassen. Es gibt nur eine Möglichkeit. Sie ist überwältigt und entführt worden.

Noch einmal durchsuchte er die Maschinenhalle, zu der es nur zwei Zugänge gab, ohne einen Hinweis darauf finden zu können, was mit der Wissenschaftlerin geschehen war. Auch Camiel entdeckte nichts.

„Wir haben keine andere Wahl“, sagte Randy Perkins, als sie zu den Schläfern zurückkehrten. „Wir müssen die gesamte Anlage absuchen.“

Er meinte, ein geheimnisvolles Wispern und Raunen zu vernehmen, das von den Wesen in den Waben kam. Peter Hoffmann fluchte leise.

„Man hat das Gefühl, daß sie einen anstarren“, sagte er. „Schlafen sie wirklich alle? Oder sind einige von ihnen schon wach? Sehen Sie uns? Der dort – er hat den Kopf bewegt! Ich könnte schwören, daß er seine Augen geöffnet und rasch wieder geschlossen hat."

„Du glaubst also auch, daß sie aufwachen?"

„Allerdings. Sieh dich doch um. Aus vielen Waben läuft die Nährflüssigkeit ab. Und was hätte es sonst für einen Sinn, daß wir hier sind?"

„Ja, das ist es, Peter. Wir wecken sie auf. Ich wünschte, wir könnten alles rückgängig machen."

Sie schritten die gläserne Wand ab, bis sie auf ein Schott stießen. Camiel konnte es schon bald öffnen. Es glitt zur Seite und gab den Blick auf einen scheinbar endlosen Gang frei, an dessen linker Seite sich Schlafwaben reihten. Auf der rechten Seite befanden sich einige Türen. Sie führten zu dem Schacht, durch den sie herabgekommen waren.

„Hier brauchen wir nicht zu suchen", sagte Peter Hoffmann. „Alles ist genauso wie auf dem anderen Gang."

„Wart's ab! Vielleicht gibt es doch Unterschiede."

Commander Perkins behielt recht. Als sie etwa fünfzig Meter weit gegangen waren, sahen sie eine Wabe, die leer war. Von der Flüssigkeit, die sie ausgefüllt hatte, waren nur noch einige Pfützen geblieben, die nun nach und nach verschwanden.

„Also ist wenigstens einer von ihnen wach und auf den Beinen", stellte der Major fest. Er blickte sich voller Unbehagen um, als erwarte er, von dem aufgewachten Schläfer aus dem Hinterhalt angefallen zu werden. „Er muß eine besondere Bedeutung haben. Seine Wabe ist doppelt so groß wie die anderen."

Camiel beugte sich nach vorn. Er deutete auf einige Symbole, die sich auf einer Rahmenleiste unter der Wabe befanden und in denen Commander Perkins die Buchstaben einer fremden Schrift erkannte.

„Marco Catar“, sagte Camiel. „Die Statuen oben und am Eingang waren mit den gleichen Symbolen versehen. Paps hat recht. Dieser Mann ist wichtig. Er ist der Anführer der Schläfer. Und er ist wach.“

„Wahrscheinlich heißt dieses Wesen nicht wirklich so“, bemerkte Commander Perkins. „Soweit ich mich erinnere, haben die Indianer Perus die Statue, die in Inti Huan steht, so benannt. Ich glaube, sie haben in Marco Catar so etwas wie einen Gott des Bösen gesehen.“

„Vielleicht ist Marco Catar mal auf der Erde gewesen?“

„Diese Wesen haben eine nur entfernte Ähnlichkeit mit den Menschen“, gab Camiel zu bedenken. „Sie sehen nicht so aus, als ob sie von der Erde stammten.“

„Das glaube ich auch nicht, Camiel“, erwiderte der Commander. „Ich denke vielmehr, daß sie irgendwann mit einem Raumschiff auf der Erde gelandet sind und dort die Stadt Inti Huan errichtet haben. Später mußten sie die Erde verlassen. Irgend etwas hat sie vertrieben.“

„Marco Catar ist aufgewacht“, sagte Peter Hoffmann. Er klopfte gegen die Scheibe der Wabe. „Und die anderen werden auch nicht mehr lange schlafen. Wir müssen uns etwas einfallen lassen.“

Weit von ihnen entfernt öffnete sich eine Tür. Sie fuhren herum und sahen einen kastenförmigen Roboter, der sich auf Raupen voranbewegte.

„Das Ding kommt hierher“, stellte Camiel fest. „Es hat ein Energiegeschütz.“

„Der schießt nicht“, vermutete Perkins. „Jedenfalls hier bei den Waben nicht.“

Sie flüchteten zu einer Stahltür, die sich etwa dreißig Meter weiter zwischen den Waben befand. Camiel öffnete sie und stieß auf einen Gang, der zu einer Art Steuerleitzentrale führte.

„Das ist genau das, was ich gesucht habe“, sagte Peter Hoffmann.

Die Zentrale war kreisrund und hatte einen Durchmesser von etwa dreißig Metern. Über den verschiedenen Steuerpulten und Überwachungskonsolen erhoben sich kompliziert aussehende Schalttafeln mit Hunderten von Monitorschirmen.

„Da ist Miss Cindy“, sagte Camiel und zeigte auf einen der Bildschirme.

„Sie haben sie erwischt“, stöhnte Peter Hoffmann. „Verdammt, Camiel, wo ist das? In welchem Raum? Du mußt sie finden!“

## Marco Catar

Cindy wartete vor der Schleuse, durch die Randy Perkins, Peter Hoffmann und Camiel verschwunden waren. Sie war mit ihren Gedanken beim Commander, und sie hatte Angst, daß er in das Feuer eines Energiestrahlers laufen würde, sobald er die Schleuse passiert hatte. Daher wurde sie vollkommen überrascht, als plötzlich eine metallisch blitzende Gestalt neben ihr auftauchte.

Mit einem Schrei fuhr sie herum.

Vor ihr stand ein Roboter. Er hatte eine menschliche Gestalt und überragte sie um etwa einen halben Meter. Er zielte mit einer Energiepistole auf sie. Sie erkannte, daß sie weder flüchten noch Commander Perkins über Funk warnen konnte.

Schweigend streckte der Roboter die Hand aus und riß ihr das Mehrzweckgerät vom Handgelenk. Dann trat er zur Seite und zeigte auf eine quadratische Öffnung im Boden. Cindy wagte es nicht, ihm Widerstand zu leisten. Gehorsam ging sie auf die Öffnung zu. Eine unsichtbare Kraft erfaßte sie, hob sie hoch und ließ sie dann nach unten sinken. Ihre letzten Hoffnungen schwanden, als sie sah, daß der Roboter ihr folgte.

Sie kam in einem schmalen Gang auf, dessen Boden sich in Bewegung setzte und sie etwa hundert Meter weit bis in eine Art Kuppel trug, in der sich allerlei technische Geräte befanden. Vor einer mächtigen Schalttafel stand ein Sessel mit hoher Lehne.

Cindy hörte, wie die Tür sich hinter ihr schloß. Sie blickte über die Schulter zürück und sah, daß der Roboter ihr gefolgt war.

Was soll ich hier? fragte sie sich. Was hat diese Maschine mit mir vor?

Der Sessel schwenkte lautlos herum, und erschrocken fuhr die Wissenschaftlerin zurück. Eine kleine, düstere Gestalt saß in den Polstern der Sitzschale.

„Marco Catar!“ entfuhr es ihr.

Das Wesen mit den auffallend großen Augen lächelte herablassend. Er antwortete ihr in einer Sprache, die sie nicht verstand. Furchtsam wich sie vor ihm zurück, bis sie gegen den Roboter prallte. Dieser legte ihr die Hände auf die Schultern und hielt sie fest.

„Wer sind Sie? Was wollen Sie von mir?“ fragte sie. Dann wurde ihr bewußt, daß er sie nicht verstehen konnte, und sie preßte erbittert die Lippen aufeinander. Doch sie irrte sich. Er antwortete in einer ihr fremden Sprache, und aus den Lautsprechern an der Decke hallte es auf englisch zu ihr herab: „Wer ich bin? Nun, bleiben wir doch bei dem Namen Marco Catar. Er gefällt mir, und er könnte zu mir passen, wie jeder andere Name auch.“

„Wieso verstehen Sie mich? Wieso sprechen Sie englisch?“ Doch dann wurde ihr klar, daß seine Worte von einem Computer übersetzt wurden. Seit Commander Perkins, Peter Hoffmann, Camiel und sie in dieser Anlage waren, hatten sie miteinander gesprochen. Sie waren abgehört worden, und auf diese Weise hatte ein Sprachcomputer alle notwendigen Informationen erhalten. Derartige Übersetzungsgeräte waren nicht neu. Sie selbst hatte sie schon mehrfach benutzt, wenn sie auf fremden Planeten gewesen war.

„Schon gut", wies sie ihn zurück, noch bevor er etwas sagen konnte. „Wir sind also laufend beobachtet worden."

Er lachte, und seine Augen funkelten in einer Weise, die ihr einen Schauer des Entsetzens über den Rücken jagte. Sie hatte noch niemals zuvor jemanden gesehen, der eine derart beängstigende Ausstrahlung hatte, und das Gefühl drängte sich ihr auf, einem absolut bösen Wesen ausgeliefert zu sein. Marco Catar trug einen flammendroten Umhang, der seinen gedrungenen Körper vom Hals bis zu den Knien umhüllte. Seine Füße steckten in zierlichen, ebenfalls roten Schuhen. Breite Armreifen umspannten seine Handgelenke. Sie waren an der Oberseite mit mehreren Geräten bestückt, über deren Aufgaben Cindy nur Vermutungen anstellen konnte.

„Das ist richtig. Die Computer haben die Informationen gespeichert. Sie waren es auch, die mich geweckt haben. Von ihnen weiß ich, daß viel, sehr viel Zeit verstrichen ist, seit man uns hier eingeschlossen und zu einem nahezu endlosen Schlaf gezwungen hat."

Marco Catar verzerrte seine Lippen zu einem Lächeln. Es war so kalt und bösartig, daß Cindy zu Boden blickte. Sie wollte und konnte es nicht sehen.

„Woher kommen Sie?" fragte der Schläfer. „Die Computer zeigen kein Raumschiff an, das gelandet ist. Oder leben Sie und Ihr Volk schon lange auf dieser Welt und haben uns erst jetzt entdeckt?"

„Das werden Sie nie begreifen", erwiderte sie und richtete sich entschlossen auf. Sie wollte sich ihm gegenüber behaupten und sich nicht einschüchtern lassen. „Wir sind hier. Das sollte Ihnen genügen."

„Sie wollen nicht reden?" In seinen Augen blitzte es auf. Er schien sich maßlos darüber zu amüsieren, daß sie Widerstand leistete. „Sie werden mir alles erzählen, was ich wissen will. Auch gegen Ihren Willen."

„Wollen Sie mich foltern?"

„Nein. Wozu? Das habe ich nicht nötig", antwortete Marco Catar gelassen. „Wir haben elegantere Methoden."

„Was haben Sie vor?"

„Wir werden diese Welt verlassen und zu jener Welt fliegen, auf der ich geboren bin. Es ist der Planet unserer Zukunft. Schon einmal haben wir versucht, ihn zu einer Heimat für uns zu machen, doch es gab primitive Kulturen dort, und wir waren rücksichtsvoll genug, sie zu dulden, anstatt sie zu beseitigen. Ein solcher Fehler wird uns nicht noch einmal unterlaufen."

„Warum bleiben Sie nicht auf diesem Planeten? Hier ist Platz genug für Sie und alle anderen Schläfer."

„Diese Welt ist ein Gefängnis", erläuterte Marco Catar. „Hier gibt es Insekten, die uns den Tod bringen, wenn sie uns berühren. Sie sind überall. Wir können ihnen nicht entgehen. Deshalb haben wir keine andere Wahl. Wir müssen diesen Planeten verlassen."

„Eine andere Macht hat Sie und Ihr Volk hier eingesperrt. Ist das richtig?"

„Das entspricht den Tatsachen. Man war nicht mit der Art einverstanden, mit der wir gewisse Probleme gelöst haben."

Die Wissenschaftlerin hob die Hand und zeigte nach oben. „Über uns befand sich eine Ruinenstadt", erläuterte sie. „Wir haben sie untersucht. Dabei gab es allerlei Schwierigkeiten."

Marco Catar lachte dröhnend.

„Das kann ich mir denken", erwiderte er. „Ich weiß nicht, was da oben geschehen ist, aber Sie können sicher sein, daß sich alles nur ereignet hat, um Sie von hier zu vertreiben. Wenn da eine Stadt war, dann hatte sie vermutlich eine gewisse Ähnlichkeit mit Städten, die wir auf anderen Welten errichtet haben. Sie sollte vor uns warnen."

Er lachte erneut. Eine Tür öffnete sich und drei dunkel gekleidete Gestalten kamen herein. In geradezu sklavisch unterwürfiger Haltung kauerten sie sich neben Marco Catar auf den Boden. Er beachtete sie nicht.

„Ich habe eine telepathische Stimme gehört. Jemand hat versucht, mich zu beeinflussen."

„Das war ich", gestand der Schläfer ein. „Ich spürte, daß dort oben jemand war und daß sich zum ersten Mal seit Jahrhunderten die Möglichkeit bot, unser Verlies zu öffnen. Ich mußte erreichen, daß Sie bleiben, und ich konnte nur hoffen, daß Sie Geräte einsetzen, die mit Nuklearzellen arbeiten. Denn nur sie konnten einen Prozeß in Gang setzen, an dessen Ende wir in die Freiheit zurückkehren."

„Die schwebende Platte, die mich beinahe unter sich begraben hätte, der Roboter, der die Zeichnungen verändert hat, der Riese, der uns töten wollte – das alles sollte uns also nur vertreiben!"

Verwundert schüttelte sie den Kopf. Sie fühlte, daß es noch vieles zu klären gab.

„Warum wurde diese Stadt über dem Schacht gebaut?" fragte sie. „Da waren mehrere Bauwerke, wie ich sie auch auf der Erde gesehen habe. Das Sonnentor zum Beispiel."

Marco Catar beugte sich ruckartig vor.

„Das Sonnentor? Wo haben Sie es gesehen? Auf welchem Planeten?"

Cindy erschrak.

Sie begriff, daß sie der Ruinenstadt und der mit ihr verbundenen Warnung viel zuwenig Bedeutung beigemessen hatte. Wenn derjenige, der die Schläfer hier eingeschlossen hatte, so deutliche Signale setzte, dann mußte eine geradezu teuflische Gefahr von Marco Catar und seinem Volk ausgehen.

„Von mir erfahren Sie nicht, wo die Erde ist. Niemals."

Marco Catar gab dem Roboter ein Zeichen, und dieser packte sie bei den Armen und zerrte sie zu einem Tisch, über dem eine metallene Haube schwebte. Von dieser hingen zahlreiche Kabel herab. Cindy wehrte sich mit Händen und Füßen, doch gegen die überlegenen Kräfte des Roboters konnte sie nichts ausrichten. Der Automat warf sie auf den Tisch und fesselte sie mit Stahlklammern, bis sie sich kaum noch bewegen konnte.

„Wir werden Ihnen alle Informationen entnehmen, die in Ihrem Gehirn enthalten sind", eröffnete Marco Catar ihr. „Dazu schließen wir Sie an einen Kommunikator an, der mit einem Computer verbunden ist. Ich bedaure, zu dieser Maßnahme greifen zu müssen. Leider sind diese Geräte nicht vollkommen. Unsere wissenschaftliche Arbeit wurde vor einigen Jahrhunderten plötzlich unterbrochen, so daß wir viele Vorhaben nicht mehr zu Ende führen konnten. Ihr Gehirn wird Schaden erleiden, sobald wir die Maschine wieder abschalten. Das läßt sich nicht verhindern. Sie werden geistig umnachtet sein, wenn alles vorbei ist."

Cindy glaubte ihm nicht. Sie konnte sich nicht vorstellen, daß Marco Catar sie um den Verstand bringen wollte. Mußte er nicht vielmehr daran interessiert sein, sich mit Randy, Peter und ihr zu verständigen, nachdem er jahrhundertelang geschlafen hatte? Ein Wesen in seiner Situation brauchte die Hilfe von Freunden und konnte es sich nicht leisten, sich Feinde zu schaffen.

„Schließe die Kontakte an", befahl der Schläfer.

„Nein", flehte Cindy. „Das wäre ein Fehler. Wissen Sie denn nicht, warum wir hier sind?"

„Das werde ich gleich erfahren."

„Ich werde Ihnen alles sagen. Sie brauchen diese Maschine nicht einzusetzen."

„Sparen Sie sich Ihre Worte. Unter der Maschine werden Sie nicht lügen. Sie können gar nicht die Unwahrheit sagen. Warum sollte ich auf einen solchen Vorteil verzichten?"

Cindy schrie verzweifelt auf, als der Roboter die metallenen Haftplättchen der Kabel an ihrem Kopf befestigte.

„Bitte, denken Sie doch daran, daß Sie ohne uns nicht geweckt worden wären. Vielleicht wären weitere Jahrhunderte vergangen, bevor Sie jemand befreit hätte."

Marco Catar blickte sie mit flammenden Augen an.

„Der Tag unserer Rache ist gekommen", erklärte er. „Die Völker der Galaxis haben uns auf diesen Planeten verdammt. Sie fühlen sich sicher vor uns. Das ist unsere Chance. Wir werden sie überraschen. Sie werden erst begreifen, was geschehen ist, wenn wir zugeschlagen haben."

„Sie irren sich", sagte Cindy. „Ihre Gegner wissen, was hier geschieht! Sie haben alles so eingefädelt, daß Sie aufgeweckt werden. Sie sind Teil eines Planes – ebenso wie meine Freunde und ich –, Sie verhalten sich genauso, wie man es von Ihnen erwartet."

„Schweigen Sie!"

Sein Gesicht verzerrte sich. Blanker Haß spiegelte sich in seinen Zügen, und Cindy begriff, daß Worte gegen dieses Wesen nichts ausrichten konnten. Marco Catar würde seinen Weg gehen. Unbeirrbar. Nichts würde ihn daran hindern, Rache zu nehmen und zugleich nach der Macht über die Völker der Galaxis zu greifen.

Oder doch?

Cindys Gedanken überschlugen sich förmlich. Mehr denn je war sie davon überzeugt, daß es tatsächlich jemanden im Hintergrund gab, der ein abscheuliches Spiel mit ihnen trieb. Dieser Unbekannte blieb im Verborgenen und zog die Fäden wie ein Marionettenspieler, nach dem sich alle zu richten hatten.

Marco Catar war sein Gegenspieler.

Nein, verbesserte Cindy sich. Das ist falsch! Marco Catar und seine Schläfer sind ebenfalls nur Puppen, die nach seinem Willen tanzen. Der Unbekannte läßt die Schläfer heraus, weil er einen bestimmten Plan mit ihnen verfolgt.

Marco Catar trat an eine Schalttafel heran. Seine Hand legte sich um einen Hebel.

Es geht um den Dimensionsbrecher! erkannte sie plötzlich. Ich weiß alles über ihn. Marco Catar wird mir die Pläne entreißen, und dann kann er den Dimensionsbrecher nachbauen. Mit ihm kann er alle Planeten der Galaxis erreichen. Niemand wäre vor seiner Rache sicher.

Sie ahnte, daß etwas an dieser Überlegung nicht richtig sein konnte, doch sie kam nicht mehr dazu, den Fehler zu erkennen.

Marco Catar legte den Hebel um, und Cindy stürzte ins Bodenlose.

„Ich würde dir deine Frage gern beantworten, Paps“, sagte Camiel, „aber vorläufig weiß ich auch nicht, wo die Lady ist.“

Peter Hoffmann und der Commander blickten auf den Bildschirm der Steuerleitzentrale, auf dem Cindy zu erkennen war. Sie lag unter einer Metallhaube. Zahlreiche Kabel waren an ihrem Kopf befestigt, und niemand brauchte den beiden Offizieren zu sagen, was mit ihr geschah.

„Wir müssen sie da herausholen“, sagte der Major. Zornig ballte er die Hände zu Fäusten. „Wir dürfen nicht zulassen, daß sie sie quälen.“

„Es wird schwierig werden“, erwiderte Commander Perkins, der ruhiger und besonnener war als er. „Die Schläfer wachen auf.

Ich fürchte, daß es bald von ihnen nur so wimmeln wird."

Mit Hilfe der Monitorschirme konnten sie mehrere Bereiche der Anlage einsehen. In vielen Waben regte sich das Leben. Die Nährflüssigkeit versickerte, und zahlreiche Schläfer krochen durch eine Luke im Boden aus ihrem Verlies. Auf dem Gang vor der Glaswand erschienen mehrere Männer und Frauen. Sie hatten farbenprächtige Kleider angelegt. Die meisten von ihnen trugen weite Umhänge, die mit leuchtenden Mustern geschmückt waren, hautenge Hosen und bis an die Knie reichende Stiefel. Unbeholfen bewegten sie sich über den Gang. Jeder Schritt schien ihnen schwerzufallen. Einige stürzten zu Boden und kamen nur unter großen Schwierigkeiten wieder auf die Beine. Alle versuchten, Muskeln und Gelenke durch gymnastische Übungen zu lockern. Seit Jahrhunderten hatten sie in den Waben geschlafen. Jetzt schien es, als müßten sie erst wieder lernen, sich zu bewegen. Aus den Lautsprechern der Zentrale hallte das Gewirr ihrer Stimmen.

„Sie reden miteinander, als wollten sie nachholen, was sie in Jahrhunderten versäumt haben", bemerkte Peter Hoffmann.

„Bisher scheinen sie noch nicht zu wissen, daß wir hier sind, Peter. Aber es dauert bestimmt nicht mehr lange, bis sie uns holen."

„Was können wir bloß tun? Wie können wir Cindy helfen?"

Camiels Finger glitten über die Tastaturen und Schaltungen des Hauptpultes. Vor ihm auf einem großen Bildschirm wechselten die Bilder in schneller Folge. Schließlich trat der Roboter zurück.

„Ich habe eine Art Lageplan der Anlage gefunden", meldete er und rief damit die beiden Terraner zu sich. Sie betrachteten das Bild, das er von einem der Computer abgerufen hatte. Es bestätigte den Eindruck, den sie bereits gewonnen hatten. Danach bildete der Schacht, durch den sie hereingekommen waren, die Achse für die gesamte Anlage, die ebenfalls quadratisch angelegt war und aus wenigstens drei Stockwerken bestand. Auf allen drei Ebenen gab es eine unüberschaubare Zahl von Räumen und Hallen, die den Rahmen für die Schlafwaben darstellten. Sie alle waren mit fremdartigen Symbolen bezeichnet.

„Es ist hoffnungslos", sagte Randy Perkins. „Cindy kann überall sein. Wir müßten nahezu tausend Räume überprüfen, wenn wir sie finden wollen."

Camiel arbeitete bereits wieder am Schaltpult.

„Ich will versuchen, den Raum zu identifizieren", erläuterte er. „Irgendwo muß es einen Hinweis geben."

Ein blauer Punkt wanderte plötzlich über den Lageplan.

„Hin und wieder ist er tatsächlich zu etwas zu gebrauchen", sagte Peter Hoffmann. „Zumindest ist er immer für eine Überraschung gut."

Noch nicht einmal zwei Minuten verstrichen, dann leuchteten zwei blaue Punkte zugleich auf. Einer auf dem Monitor, auf dem Cindy zu sehen war, der andere auf dem Aufriß der Anlage – mitten im zentralen Schacht.

„Aber das ist unmöglich", sagte Peter Hoffmann. „Du irrst dich. Cindy kann unmöglich im Schacht sein."

„Warum nicht, Paps? Der Raum befindet sich genau dort, wo der Computer ihn anzeigt. Er muß unter der Bodenplatte liegen, auf der wir gelandet sind."

„Ausgezeichnet, Camiel", lobte Commander Perkins. „Weißt du auch, wie wir dorthin kommen?"

„Ich bin ziemlich sicher, daß wir die Lady finden werden."

„Dann los! Worauf warten wir noch?"

# Das Geständnis

Professor Common sah sich gezwungen, die Suche nach den verschollenen Expeditionen zu unterbrechen. Beunruhigt blickte er den Abwehrchef von Delta-4 an. Oberst G. Camiel Jason war für die Sicherheit der Mondstation verantwortlich, und er stellte sich seiner Aufgabe mit oft übertriebenem Eifer. Jetzt aber mußte etwas geschehen sein, was ihm zu berechtigter Sorge Anlaß gab.

„Was ist passiert?" fragte der Wissenschaftler.

Der Abwehrchef blieb an der Tür stehen.

„Kommen Sie", entgegnete er. „Wir sind dabei, Leutnant Keefer zu verhören."

Professor Common begleitete ihn, ohne Fragen zu stellen, in einen Raum, der in einem der oberen Stockwerke der Mondstation lag. Hier saß Leutnant Keefer in einem Sessel. Ihm gegenüber kauerte eine mit violetten Tüchern vermummte Gestalt auf dem Boden. Ihre Augen waren hinter den schmalen Schlitzen einer ebenfalls violetten Kopfmaske verborgen. Nur die Hände lagen frei. Sie waren klein und feingliedrig. Kostbare Ringe verzierten die Finger.

„Wer ist das?" fragte der Professor.

„Scara Torn", antwortete Oberst Jason. „Ein Mutant. Er dringt mit Hilfe seiner besonderen Kräfte bis ins Unterbewußtsein Keefers vor. Vor ihm kann man nichts verheimlichen."

„Eine etwas fragwürdige Methode, den Leutnant zu verhören."

„Keefer ist damit einverstanden."

„Er ist von einer fremden Macht mißbraucht worden", tönte es dumpf unter der Maske hervor. „Ihm selbst liegt daran, daß dieses Verbrechen restlos aufgeklärt wird."

Dem Wissenschaftler gefiel nicht, was geschah. Er war für Offenheit, und er mißtraute allen, die von sich behaupteten, sie hätten Psi-Fähigkeiten.

„Warum maskieren Sie sich?" fragte er. „Zeigen Sie mir Ihr Gesicht. Ich will sehen, wer Sie sind."

Der Mutant zuckte sichtlich zusammen.

„Ich zeige mich nicht, Professor Common", erwiderte Scara Torn mit schriller Stimme, die verriet, wie verletzlich er war. „Die Natur hat mich mit besonderen Gaben versehen, mein Äußeres jedoch so abstoßend gestaltet, daß es besser für uns alle ist, wenn ich die Maske nicht lüfte."

„Wie Sie wollen. Weshalb haben Sie mich geholt, Oberst Jason?"

„Weil ich will, daß Sie die Wahrheit erfahren. Als die Copaner hier im Sonnensystem waren, um einen Vertrag mit uns auszuhandeln, war einer unter ihnen, der über ein parapsychisches Talent verfügt."

„Das heißt, er konnte Gedanken lesen oder so etwas."

„Er hat Leutnant Keefer zu seinem Gehilfen gemacht, ohne daß dieser sich dagegen wehren konnte", erklärte Scara Torn. Er wandte sich an Keefer und befahl: „Sagen Sie uns, wie Sie an das Modul gekommen sind."

„Ich war einer der Piloten, die unsere Delegation an Bord des copanischen Raumschiffes gebracht haben", antwortete Keefer mit monotoner Stimme. Seine Augen waren geschlossen. Schweißperlen standen auf seiner Stirn. „An Bord des Großraumers hat mir ein Roboter das Bauteil gegeben."

„Später hat Keefer den Dimensionsbrecher bewacht", erläuterte Oberst Jason. „Er hat die Gelegenheit genutzt, das Teilchen einzubauen. Gegen seinen Willen."

„So etwas Ähnliches habe ich mir gedacht."

„Und jetzt wird es interessant", sagte der Abwehrchef. „Keefer, Sie haben behauptet, daß Sie einige Gedanken des Copaners erfaßt haben, mit dem Sie geistigen Kontakt hatten."

„Das ist richtig, Sir", erwiderte der Leutnant. „Der Copaner hat mich gezwungen, das zu tun, was er wollte. Ich wurde Teil seiner Persönlichkeit."

„Berichten Sie. Welchen Plan verfolgt der Copaner?"

„Eine der Expeditionen ist zu einem Volk geschickt worden, das seit Jahrhunderten von den anderen Völkern der Galaxis verbannt worden ist. Es ist ein grausames und kriegerisches Volk. Es hat eine unvorstellbare Schreckensherrschaft über andere Völker ausgeübt."

„Was soll die Expedition dort?"

„Sie soll das Volk befreien und ihm den Weg zur Erde zeigen."

„Warum zur Erde?" fragte Professor Common überrascht.

„Weil die Erde ein heiliger Planet für die Schläfer ist", erläuterte Leutnant Keefer. „Die Krieger werden uns bekämpfen und aus dem Sonnensystem vertreiben."

Jetzt begriff der Wissenschaftler, weshalb Oberst Jason so erregt war.

„Warum wollen sie uns vertreiben, Keefer?" fragte Scara Torn drängend. „Sprechen Sie weiter."

„Weil sie nicht dulden werden, daß wir den Planeten bevölkern, den sie als heilig betrachten."

„Das müssen Sie uns näher erklären, Keefer."

Der Leutnant schwieg, und der geheimnisvolle Mutant bedeutete Oberst G. Camiel Jason, keine weiteren Fragen mehr zu stellen.

„Er kann dazu nichts sagen", eröffnete er ihm.

„Wer steckt hinter diesem Plan?" fragte Professor Common. „Wer ist der Copaner, der versucht, uns zu betrügen? Es kann nicht seine Absicht sein, uns in einen Krieg mit diesen Schläfern zu verwickeln. Was wissen Sie darüber, Leutnant?“

Keefer schwieg. Seine Lider zuckten, und der Schweiß lief ihm über das Gesicht. Professor Common wurde ungeduldig. Er wollte etwas sagen, doch Scara Torn hob rasch eine Hand und gebot ihm zu schweigen. Endlich antwortete Keefer.

„Ein Mächtiger. Ein unvorstellbar Mächtiger.“

„Wer ist es, Keefer?“ drängte der Wissenschaftler. „Seinen Namen. Wir müssen seinen Namen wissen!“

Keefer sank ächzend in sich zusammen.

„Es hat keinen Sinn“, sagte der Violette und erhob sich. „Er weiß es nicht. Er kann uns keine näheren Angaben machen. Lassen Sie ihn jetzt in Ruhe. Er ist mit seinen Kräften am Ende. Gehen Sie. Ich werde mich um ihn kümmern.“

Oberst Jason führte den Gelehrten hinaus.

„Verstehen Sie?“ fragte er. „Sie dürfen die Suche nach den Expeditionen nicht fortsetzen.“

„Warum nicht? Sie wäre doch gerade jetzt wichtig.“

„Nein. Diese kriegerischen Fremden könnten mit Hilfe des Dimensionsbrechers den Mond erreichen. Das wäre eine Katastrophe.“

„Glauben Sie wirklich, daß sie die Erde angreifen werden?“

„Davon bin ich fest überzeugt. Der copanische Verräter hätte den ganzen Plan nicht eingeleitet, wenn er nicht genau gewußt hätte, wie dieses verbannte Volk reagiert. Ich habe Sie lange genug vergeblich vor einer solchen Gefahr gewarnt. Nun ist es soweit. Kosmische Bestien werden uns angreifen und vernichten.“

„Kosmische Bestien? Übertreiben Sie nicht ein wenig, Oberst Jason?“

„Bestimmt nicht, Professor. Was meinen Sie denn, weshalb dieses Volk verbannt wurde? Es muß schon Ungeheuerliches angerichtet haben, denn sonst hätte es die anderen Völker der Galaxis nicht so gegen sich aufgebracht."

Über viertausend Lichtjahre von Delta-4 entfernt – in der Anlage der Schläfer – hob Commander Perkins warnend die Hand. Er hatte sich von der Zentrale bis zu dem Gang der Waben vorgearbeitet.

„Der Roboter ist nicht mehr da", meldete er. „Dafür werden immer mehr Schläfer munter."

Camiel schloß zu ihm auf.

„Wir müssen uns nach links wenden, Sir", sagte er. „Etwa zwanzig Meter weiter ist eine Tür. Durch sie kommen wir zu einem Transportband, das nach unten führt."

„Dann los!"

Randy Perkins rannte den Gang entlang auf eine Gruppe von fünf Fremden zu, die diskutierend vor den Waben standen. Einige Schritte von ihnen entfernt hielten sich wenigstens dreißig andere auf. Sie versperrten ihm den Weg zu der Tür, die Camiel ihm bezeichnet hatte.

Entschlossen brach der Commander in die Gruppe der Fremden ein. Er versuchte sie zu durchstoßen. Doch kaum hatten die Verbannten ihn gesehen, als sie sich ihm trotz ihrer Schwäche entgegenwarfen. Messer blitzten auf, und einer von ihnen feuerte einen Energiestrahler ab, ohne den Commander zu treffen.

Camiel schnellte sich geschmeidig nach vorn. Er packte zwei Gegner, riß sie hoch und schleuderte sie gegen die drei anderen. Damit schuf er eine Lücke für die beiden Terraner. Wirkungslos prallten die Messerspitzen von seinem olivgrünen Körper ab.

„Aber, aber!" spöttelte er und eilte mit tänzelnden Schritten weiter. Blitzschnell entwand er einem der Schläfer einen schußbereiten Energiestrahler und schleuderte ihn von sich.

Inzwischen hatten die beiden Offiziere die Gruppe der anderen Schläfer erreicht. Keiner dieser Männer und Frauen war bewaffnet. Mit bloßen Fäusten schlugen sie auf die beiden Terraner ein, und sie wußten erstaunlich gut zu treffen.

„Camiel“, brüllte Peter Hoffmann. „Wo bleibst du denn?“

Der Roboter erkannte, daß der Major sich in tödlicher Gefahr befand. Vier Verbannte hielten ihn fest, und ein weiterer holte aus, um ihm einen Dorn ins Herz zu stoßen. Mit einem mächtigen Satz schnellte sich Camiel über mehrere Meter hinweg zu ihm hin und befreite ihn. Er stellte fest, daß Commander Perkins allein mit seinen Gegnern fertig werden konnte und kämpfte sich bis zu der Tür durch, die sie erreichen mußten. Peter Hoffmann feuerte seine Mini-Rak gegen eine leere Wabe ab. Das Geschoß durchschlug die transparente Scheibe und explodierte in der Schlafkammer, ohne einen der Schläfer zu verletzen. Doch der ohrenbetäubende Krach erschreckte die Verbannten und ließ sie für einige Sekunden zögern.

„Hierher!“ rief Camiel.

So schnell sie konnten, rannten die beiden Männer zu ihm hin. Er warf die Tür hinter ihnen zu und zerstörte mit einem Faustschlag das elektronische Schloß.

„Wenn sie uns folgen wollen, müssen sie die Tür aufsprengen“, erklärte er. „Das wird einige Zeit dauern. Bis dahin haben wir einen genügend großen Vorsprung gewonnen.“

Sie liefen über das Transportband. Es setzte sich in Bewegung, so daß sie schnell vorankamen.

„Diese Kerle sind kleiner als wir“, sagte Peter Hoffmann. „Und sie sehen aus, als wären sie gerade kräftig genug, um sich einigermaßen auf den Beinen zu halten. Aber sie sind verdammt gute Kämpfer. Sie hätten mich geschafft, wenn Camiel mir nicht geholfen hätte.“

„Mir wäre es auch fast an den Kragen gegangen“, erwiderte der

Commander. „Wenn einige mehr von ihnen bewaffnet gewesen wären, hätten wir keine Chance gehabt."

„Und immer mehr von ihnen kriechen aus den Jahrhundert-Schlafzimmern. Hast du eigentlich eine Ahnung, Randy, wie das mit uns weitergehen soll? Früher oder später erledigen sie uns."

„Zunächst holen wir Cindy heraus. Alles weitere muß sich dann ergeben."

Sie rannten über einen Gang, der an einem Stahlschott endete. Ein dumpfes Grollen und Dröhnen erfüllte die Anlage. Irgendwo schienen gigantische Maschinen angelaufen zu sein. Der Lärm steigerte sich immer mehr, bis die beiden Terraner und der Roboter sich kaum noch verständigen konnten.

„Sir, die Lady muß hinter dieser Tür sein", schrie Camiel, als sie die Stahltür erreicht hatten.

„Öffne", befahl der Commander.

Der Roboter drückte eine Taste an der Wand, und das Schott glitt zur Seite. Infernalischer Lärm schlug ihnen entgegen.

Betroffen blickten die beiden Terraner sich an. Zwischen der Tür und einer metallenen Wand, die etwa zwanzig Meter von ihnen entfernt aufstieg, gähnte ein Abgrund. Aus diesem schoß glühendheiße Luft empor, die sie zurücktrieb. Camiel mußte sich an der Tür festhalten, um nicht hinweggeschleudert zu werden.

„Tür zu!" schrie Commander Perkins gepeinigt. „Schließ die Tür!"

Er lag auf dem Boden und preßte die Hände vors Gesicht, um es vor der Hitze zu schützen. Endlos lange Sekunden schienen zu verstreichen, bis sich das Schott endlich wieder schloß und die Klimaanlage die heiße Luft absaugte.

„Was war das?" brüllte Peter Hoffmann, der Mühe hatte, den Lärm zu übertönen. „Randy, es ging so schnell. Was war da los?"

„Ein Raumschiff, Paps“, antwortete Camiel. „Es ist gestartet.“

„Wer hat dich gefragt, Plastikheini?“ rief der Major. Dann stutzte er. „Was hast du da gesagt?“

„In dem zentralen Schacht befindet sich ein Raumschiff, Paps. Es war unter der Platte verborgen, auf der wir gelandet sind. Jetzt startet es.“

„Und Cindy befindet sich an Bord“, fügte Perkins hinzu.

„Sie haben uns nicht vergessen“, sagte Peter Hoffmann, als das Panzerschott, durch das sie herabgekommen waren, laut krachend auseinanderbrach. Die Stimmen der Schläfer hallten zu ihnen herab.

„Wir haben keine andere Wahl“, stellte Commander Perkins fest. „Wir müssen in den Hangar.“

Das Raumschiff war donnernd an ihnen vorbeigezogen. Längst mußten die glühendheißen Abgase aus dem Startschacht abgepumpt worden sein, so daß sie hoffen konnten, sich dorthin retten zu können.

Camiel öffnete das Schott, als sie das Rasseln von Raupenketten vernahmen, das sich ihnen vom Gang der Schläfer her näherte.

„Sie schicken einen Kampfroboter“, bemerkte der Major. „Damit schaffen sie uns.“

Perkins eilte zu Camiel, der in der offenen Tür stand, und blickte in den Schacht. Die Abgase aus den Triebwerken des startenden Raumschiffes hatten die Wände schwarz verbrannt. Sonnenlicht fiel durch die Öffnung herein und erhellte den Schacht bis auf den Grund.

„Sieh dir das an, Peter“, sagte Perkins staunend. „Sie fahren ein zweites Raumschiff in Startposition! Sie schieben es von der Seite heran.“

Peter Hoffmann kniete sich neben ihm auf den Boden und

spähte in die Tiefe, wo er bereits einen Teil des riesigen, torpedoförmigen Raumschiffes sehen konnte, das für den Start vorbereitet wurde.

„Das Antigravfeld besteht nicht mehr“, entgegnete er. „Der Kampfroboter ist in spätestens einer Minute hier, und unter den gegebenen Umständen haben wir keine Chance gegen ihn. Was jetzt?“

Die Schachtwand unter ihm war so glatt, daß sie nicht hoffen konnten, daran heruntersteigen zu können. Auch nach oben gab es keinen Ausweg.

„Camiel, jetzt bist du dran“, sagte Commander Perkins. „Siehst du eine Möglichkeit? Kannst du uns in Sicherheit bringen?“

Das Rasseln der Raupenketten kam näher und näher. Peter Hoffmann blickte in den Gang hinein. Jeden Moment mußte die Kampfmaschine dort erscheinen, und er zweifelte nicht daran, daß sie augenblicklich das Feuer eröffnen würde. Er griff nach seiner Mini-Rak, glaubte jedoch kaum, den Roboter damit schnell genug zerstören zu können.

Eine schmale Leiste, die etwa einen Zentimeter weit vorstand, führte senkrecht an dem Schott vorbei. Von den Abgasen des Raumschiffes war sie schwarz verklebt.

„Wir müssen es versuchen, Sir“, sagte Camiel. „Ich werde mich daran herunterlassen. Sie müssen sich an mir festhalten. Wir werden ziemlich schnell unten ankommen.“

„Das sieht wirklich nicht vielversprechend aus, aber wir haben wohl keine andere Möglichkeit“, erwiderte der Commander. „Schnell. Beeile dich.“

Camiel beugte sich in den Schacht hinein und griff mit beiden Händen nach der Leiste, die etwa einen Meter vom Schott entfernt war. Seine Finger krallten sich an ihr fest. Geschmeidig schwang er sich herüber und klebte dann wie ein großer grüner

Käfer an der Schachtwand.

„Jetzt du, Peter", befahl Perkins.

Peter Hoffmann zögerte. Es widerstrebte ihm, sich zuerst zu retten.

„Na, los! Beeile dich", drängte der Commander. „Worauf wartest du? Willst du uns beide um die letzte Chance bringen?"

„Also gut, Randy. Aber warte nicht. Wer weiß, wie lange die grüne Olive sich so halten kann." Er schwang sich zu Camiel hinüber, klammerte sich an ihn, und ließ sich etwas an ihm herunterrutschen, um für Perkins Platz auf den Schultern des Roboters zu machen. Dieser glitt unter dem Gewicht des kräftig gebauten Majors einige Zentimeter an der Leiste herunter.

„Sie sollten keine Zeit verschenken, Sir", warnte er in höflichem Tonfall. „Lange kann ich mich nicht mehr halten."

Randy Perkins drückte die Schalttaste des Schotts und sprang auf den Rücken Camiels. Während sich über ihm die Tür schloß, stürzte er mit Camiel und Peter Hoffmann in die Tiefe. Kreischend glitten die Finger Camiels über die verrußte Leiste.

Randy Perkins blickte nach unten. Die Spitze des Raumschiffes befand sich wenigstens fünfzig Meter unter ihnen, und er schätzte, daß der Raumer annähernd hundert Meter hoch war. Immer schneller rasten sie an der Schachtwand entlang.

Führte die Leiste bis ganz nach unten, oder endete sie irgendwo weit über dem Boden?

Ein Metallsteg schob sich von einem Tor in der Schachtwand zum Raumschiff hinüber. Der Commander sah, daß sie dicht an ihm vorbeifallen würden.

„Camiel", rief er. „Der Steg."

„Ich habe ihn schon gesehen, Sir", erwiderte der Roboter, während er versuchte, ihren Sturz abzubremsen. Doch die Leiste war von dem Ruß verschmiert und glatt. Als Camiel den Druck seiner Finger zu sehr erhöhte, glitt er plötzlich ab, und es gelang ihm auch nicht, die Leiste erneut zu packen.

Ein tödliches Ende der waghalsigen Flucht schien unvermeidbar...

Professor Common betrat das Büro von Oberst G. Camiel Jason, der gerade dabei war, einen Bericht über Leutnant Keefer zu verfassen. Ungehalten über die Störung schob er die Papiere zur Seite und erhob sich.

„Bitte, fassen Sie sich kurz", bat er. „Sie sehen ja, ich habe zu tun."

Der Gelehrte lachte ihm ins Gesicht. Oberst Jason hatte noch nie Rücksicht darauf genommen, ob er beschäftigt war und unter Zeitdruck gestanden hatte. Er hatte ihn in seiner Arbeit unterbrochen, wann immer es ihm gepaßt hatte.

„Hören Sie zu", sagte er, „ich habe errechnet, wo die verschollenen Expeditionen sind."

„Ach, ja?" zweifelte der Abwehrchef von Delta-4. „Einfach so? Ohne das copanische Modul?"

„Sie waren so großzügig, mir die Schalteinheit für eine gewisse Zeit zu überlassen", entgegnete Professor Common ironisch. „Das genügte, eine Grundlage für meine Berechnungen zu schaffen."

„Ja und? Was verlangen Sie von mir?"

„Ich möchte Sie lediglich davon unterrichten, daß ich die Expeditionen zurückholen werde."

Oberst G. Camiel Jason erbleichte.

„Das ist gegen meinen Befehl."

„Es ist vor allem ein Gebot der Menschlichkeit. Falls Sie sich allzusehr vor unliebsamen Überraschungen fürchten, können Sie ja bewaffnete Posten im Labor aufstellen, die zur Not eingreifen, wenn wir wider Erwarten angegriffen werden sollten."

„Wir waren uns einig darüber, daß wir kein Risiko eingehen“, sagte der Offizier erregt. „Und daß der Dimensionsbrecher nicht eingesetzt wird.“

Professor Common lächelte.

„Ich erinnere mich daran, daß Sie so etwas erwähnt haben. Einig darüber waren wir uns keineswegs. Begleiten Sie mich?“

„Wohin?“

„In mein Labor. Oder wollen Sie nicht dabeisein, wenn die Männer und Frauen von den Expeditionen zurückkehren?“

„Sie werden den Dimensionsbrecher nicht einschalten.“

„Sie können mich nicht daran hindern.“

„Wissen Sie denn nicht, was Sie tun?“ fragte der Abwehroffizier. „Mit Ihren Experimenten beschwören Sie immer neue Gefahren für die Menschen herauf. Was Sie vorhaben, ist verantwortungslos. Sie unterscheiden sich durch nichts von anderen Wissenschaftlern, die sich bei ihren Arbeiten von krankhaftem Ehrgeiz und bedenkenlosem Forschungsdrang leiten lassen, ohne an die Folgen für die Menschheit zu denken.“

„Sind Sie fertig?“

„Allerdings.“

„Dann kommen Sie endlich.“ Die Vorwürfe und Anschuldigungen prallten wirkungslos an dem Gelehrten ab.

Oberst G. Camiel Jason war bleich vor Wut. Er mußte einsehen, daß er sich gegen den Wissenschaftler nicht durchsetzen konnte, und die Klugheit gebot ihm, einzulenken. Er war allein für die Sicherheit der Mondstation Delta-4 verantwortlich, und er hätte Professor Common zwingen können, sich ihm zu beugen. Doch er mußte seine Entscheidungen gegenüber einer vorgesetzten Behörde auf der Erde rechtfertigen. Und er wußte, daß seine Argumente in diesem Fall zu schwach waren, als daß er sich gegen den Dimensionsforscher hätte behaupten können.

Während er zwanzig bewaffnete Männer ins Labor zum

Dimensionsbrecher befahl, schwor er sich, es Professor Common bei passender Gelegenheit heimzuzahlen.

Zehn Minuten später kehrten die Mitglieder der ersten Expedition aus der Unendlichkeit zurück. Angesichts der vor Freude und Glück zugleich lachenden und weinenden Männer und Frauen verzichtete Oberst G. Camiel Jason auf weitere Wortgefechte mit dem Wissenschaftler. Mit bleichem Gesicht stand er abseits und hoffte insgeheim, daß irgend etwas passieren würde, was ihn und seine Sicherheitsmaßnahmen bestätigen würde.

Doch die Katastrophe blieb aus. Eine Expedition nach der anderen kehrte wohlbehalten zurück.

Nur Commander Perkins, Peter Hoffmann, Cindy und Camiel erschienen nicht.

Als Professor Common ihnen mit Hilfe des Dimensionsbrechers in die Weite der Galaxis folgte und ein Erfassungsfeld für sie errichtete, fauchte lediglich ein Schwall glühendheißer Luft in das Labor.

## Flug ins Ungewisse

Peter Hoffmann und der Commander klammerten sich in ihrer Angst an den Roboter. Dieser stieß sich mit beiden Füßen von der Wand ab, anstatt erneut nach einem Halt zu suchen, und stürzte mit ihnen in die Tiefe.

Randy Perkins erkannte, daß Camiel versuchen wollte, die Brücke zu erreichen, die von der Schachtwand ins Raumschiff führte.

Wir sind viel zu schnell, dachte er. Selbst wenn wir aufprallen, schaffen wir es nicht.

„Festhalten“, rief der Grüne. „Festhalten!“

Er streckte die Arme aus und schlug mit den Händen auf den schmalen Metallsteg. Für einen kurzen Moment konnte er sich halten, und er schwang mit den beiden Männern unter die Brücke. Dabei drehte er sich blitzschnell um seine Längsachse, und für den Bruchteil einer Sekunde hing er ruhig in der Luft. Peter Hoffmann und der Commander, die beide sportlich durchtrainiert waren, nutzten ihre Chance. Sie warfen sich gegen den Metallsteg und klammerten sich daran.

„Sie haben es geschafft, Sir", rief Camiel, während er in der Tiefe verschwand. „Und du auch, Paps. Ich bin verdammt froh."

Die beiden Männer hingen unter der Brücke und schwangen beängstigend hin und her. Beide fanden an der dünnen Kante nur ungenügend Halt. Doch Perkins gelang es, den Schwung zu nutzen, sich hochzuziehen und sich dann mit dem Oberkörper auf sicheren Boden zu werfen.

„Randy! Hilf mir", schrie Peter Hoffmann. „Ich rutsche ab."

Commander Perkins wälzte sich auf die Brücke und packte den rechten Arm des Freundes mit beiden Händen. Dann zog er ihn hoch.

„Du meine Güte", keuchte Peter Hoffmann, als er auf dem Steg kniete. „Das war knapp! Ich dachte wirklich, es ist vorbei."

„Unglaublich, wie Camiel das gemacht hat."

„Wo ist er eigentlich?"

Perkins blickte über den Rand der Brücke nach unten. Tausende von Schläfern standen dicht vor dem Raumschiff. Zwischen ihnen bewegten sich Roboter hin und her. Transportmaschinen beförderten allerlei Güter ins Schiff. In diesem Durcheinander war nicht zu erkennen, ob Camiel irgendwo lag. Doch der Commander war überzeugt, daß der Roboter auf dem Boden der Halle ein unrühmliches Ende gefunden hatte. Es konnte nicht anders sein.

Peter Hoffmann wollte sich dem Schott in der Schachtwand zuwenden, doch Perkins hielt ihn zurück.

„Ins Schiff", sagte er. „Nur wenn wir mitfliegen, finden wir Cindy wieder."

„Du hast recht, verdammt. Immer dorthin, wo die Gefahr am größten ist", stöhnte Peter Hoffmann. Er folgte dem Commander in die Schleuse des Raumschiffes. „Aber hoffentlich ist dir klar, daß Professor Common uns hier auf diesem Planeten sucht und nirgendwo im Weltraum."

Sie schlossen das äußere Schleusenschott und öffneten das innere.

„Du kannst ja bleiben, Peter, und dem Professor erzählen, daß es dir zu mühsam war, dich um seine Tochter zu kümmern."

Sie betraten das Raumschiff. Das Innenschott schloß sich, und sie hörten, daß sich das äußere bewegte.

„Die Schläfer kommen", stellte Peter Hoffmann erschrocken fest. „Wenn die uns hier erwischen, ist es aus mit uns."

Die beiden Männer hasteten über den Gang, der tiefer ins Schiff führte, und öffnete einige Türen. Hinter allen lagen Räume mit bequemen Sesseln für die Schläfer.

Als die beiden Terraner in einen anderen Gang abbogen, vernahmen sie die Stimmen und Schritte der Männer und Frauen, die über die Brücke in den Raumer kamen.

„Wir haben höchstens noch zwei Minuten", sagte Peter Hoffmann. „Dann gibt es Ärger."

„Den haben wir jetzt schon."

Commander Perkins schob eine weitere Tür auf. Er hielt den Major fest, der schon weitergehen wollte, und zog ihn mit sich.

„Ein Lagerraum", sagte er aufatmend. „Für uns ist noch Platz genug."

„Falls die Vorräte nicht aufgefüllt werden. Wenn unsere Freunde hier noch mehr verstauen wollen, wird es eng."

Perkins schloß die Tür. Sekunden später zeigten die vielfältigen Geräusche an, daß die Schläfer ihre Plätze in den Kabinen einnahmen.

„Was meinst du?" wisperte Peter Hoffmann, der sich zwischen zwei Stahlbehältern auf den Boden gesetzt hatte. „Wohin geht die Reise?"

„Mir wäre wohler, wenn ich das wüßte."

„Ideal wäre natürlich, wenn sie zur Erde fliegen würden. Meinst du nicht, daß sie schon einmal dort gewesen sind?"

„Dorthin geht es ganz gewiß nicht, Peter. Dieses Raumschiff ist zwar größer als jedes unserer terranischen Raumschiffe, aber es dürfte immer noch zu klein sein, um eine Entfernung von viertausend Lichtjahren überwinden zu können."

„Viertausend Lichtjahre. Verflixt weit weg von der Erde..."

Die Tür glitt überraschend auf.

„Vorsicht, Peter", flüsterte Perkins. Die beiden Männer duckten sich. Ein Transportroboter rollte herein und stellte weitere Behälter auf. Dann zog er sich zurück, ohne die beiden Terraner bemerkt zu haben.

Irgendwo erklang eine befehlende Stimme, und danach wurde es still im Raumschiff. Einige Minuten verstrichen, in denen alles Leben an Bord zu erlöschen schien, dann begannen die Wände zu vibrieren.

„Es geht los", sagte der Commander. „Wir starten."

Die beiden Männer streckten sich bäuchlings auf dem Boden aus und stützten den Kopf auf die Arme.

Plötzlich erfüllte infernalischer Lärm das Raumschiff, und eine Riesenlast senkte sich auf sie herab. Sie preßte ihnen die Lungen zusammen, hätte sie zerschmettert, wenn sie sich nicht hingelegt hätten. Sekundenlang tanzten Sterne vor ihren Augen, und sie fürchteten, das Bewußtsein zu verlieren. Doch dann endeten die Qualen ebenso schlagartig, wie sie eingesetzt hatten.

„Verstehst du das?“ fragte Peter Hoffmann und richtete sich auf. „Sie kennen Antigravitation. Aber sie nutzen diese Technik nicht, sondern setzen sich der vollen Beschleunigung aus.“

„Nur für kurze Zeit, Peter. Wahrscheinlich benötigen sie alle Energie für den Start. Sobald das Schiff dann im Weltraum ist, entlasten sie sich durch die künstliche Regelung der Schwerkraft.“

Er erhob sich und ging zur Tür.

„Wo willst du hin?“ fragte Peter Hoffmann.

„Ich will Cindy suchen. Was dachtest du?“

„Jetzt schon? Wir sind gerade erst im Weltraum.“

„Gerade deshalb dürfen wir nicht länger warten. Die Schläfer ruhen sich in ihren Liegen von der Beschleunigung aus. Sie bleiben in den Kabinen. Später laufen sie überall herum. Dann wird es schwierig für uns.“

„Natürlich. Du hast recht.“ Er grinste schief. „Ich könnte zwar eine gemütliche Pause gut gebrauchen, aber du läßt ja nicht mit dir reden.“

„Cindy muß in der Nähe der Steuerleitzentrale sein“, sagte Commander Perkins etwas später. „Und wenn mich nicht alles täuscht, ist die Zentrale im vorderen Bereich des Schiffes.“

„Dann müßten wir ja gleich da sein“, entgegnete Peter Hoffmann. Er fuhr sich mit dem Handrücken über das Kinn. Seit vielen Stunden hatte er sich nicht mehr waschen und rasieren können. Er kam sich schmutzig und ungepflegt vor.

„Vorsichtig!“ Der Commander zog ihn von einer Gangabzweigung zurück. Wenige Schritte von ihnen entfernt öffnete sich eine Tür, und eine dunkle Gestalt trat heraus. Sie eilte in entgegengesetzter Richtung davon, und die beiden Terraner beobachteten, wie sie durch ein mit roter Farbe markiertes Schott verschwand.

„Da ist die Zentrale“, flüsterte Peter Hoffmann. „Dann ist Cindy also hinter einer von diesen neun Türen. Aber hinter welcher? Wir können nicht alle öffnen und nachsehen. Oder? Hinter acht von diesen Türen sitzen Schläfer in ihren Sesseln.“

„Was bleibt uns denn schon anderes übrig? Wir müssen es tun.“

Zischend öffnete sich eine Tür hinter ihnen, und bevor sie reagieren konnten, kam abermals einer der Schläfer aus einer der Kabinen. Wiederum hatten sie Glück. Er entfernte sich von ihnen, ohne sie zu bemerken, obwohl er so nah an ihnen vorbeiging, daß sie ihn hätten berühren können.

Wenn wir noch länger hier stehenbleiben, haben sie uns bald, dachte Commander Perkins. Verzweifelt suchte er nach einem Hinweis darauf, in welchem Raum Cindy war. Er fand keinen.

„Wir müssen es riskieren“, sagte Peter Hoffmann. „Wir müssen die Türen öffnen. Wenn die Schläfer uns dann sehen, haben wir Pech gehabt.“

„Wahrscheinlich liegt der Raum unmittelbar neben der Zentrale“, erwiderte Perkins. „Wir fangen mit den Türen dort an.“

Entschlossen traten die beiden Männer auf den Gang hinaus, der zur Zentrale führte. Sie eilten ihn entlang, und sie konnten die Stimmen der Fremden in den verschiedenen Räumen hören. Der Commander streckte seine Hand nach einer Druckschaltung aus, um eine der Türen zu öffnen, als plötzlich ein grüner Arm zwischen ihm und der Wand erschien. Erschrocken fuhr er herum.

„Camiel!“

„Verzeihen Sie mir, Sir, wenn ich Sie erschreckt habe“, wisperte der Roboter. „Dies ist nicht die richtige Tür! Die Lady ist dort drüben.“

„Woher willst du das wissen?“ fragte Peter Hoffmann.

„Die Geräusche verraten es mir, Paps.“

„Ist jemand bei ihr?“

„Ich kann nichts hören."

Camiel ging mit den beiden Offizieren zu der bezeichneten Tür.

„Wie konntest du den Sturz überstehen?" fragte der Commander.

„Am Raumschiff hing ein Stahlseil", antwortete der Grüne. „Ich konnte mich daran festhalten."

Er zeigte die Innenflächen seiner Hände, an denen deutlich zu sehen war, wie er sich gerettet hatte. Er war am Stahlseil heruntergerutscht, und dabei war ihm die Kunststoffhaut abgerissen worden, so daß darunter nun die Mechanik zutage trat.

„Es tut nicht weh, Paps", erläuterte er. „Ein Roboter kennt keinen Schmerz – abgesehen von einer gewissen seelischen Pein."

Peter Hoffmann lächelte. Er zwinkerte Randy Perkins zu.

„Er ist wieder der alte", sagte er und tat, als sei er höchst betrübt darüber. „Wie hast du uns gefunden?"

„Das war einfach, Paps. Ich wußte ja, daß es um die Lady geht. Also bin ich ebenfalls ins Raumschiff gegangen – und hier bin ich."

Er öffnete das Schott, und trat dann zur Seite, um den beiden Männern den Vortritt zu lassen.

Commander Perkins und Peter Hoffmann eilten zu der Wissenschaftlerin, die mit geschlossenen Augen unter der Metallhaube lag.

„Bitte, lösen Sie die Kontakte nicht, Sir", warnte Camiel. „Wir müssen uns erst darüber klarwerden, welche Folgen das für die Lady hat."

Randy Perkins ließ die bereits erhobenen Hände wieder sinken. Er sah ein, daß es zu gefährlich für Cindy war, wenn er die Apparatur, an der sie angeschlossen war, einfach abschaltete.

„Was können wir denn tun?" fragte der Major.

„Ich werde mich an den Computer dort anschließen", erwiderte Camiel. „In ihm werden die Daten gesammelt, die der Lady entnommen werden."

„Beeil dich!" befahl der Commander.

Camiel öffnete eine Klappe, die in seiner Achselhöhle verborgen war, und zog ein dünnes Kabel daraus hervor. Gleichzeitig löste er eine Deckplatte vom Computer ab. Nachdem er die fremdartigen Schalteinheiten des Rechners überprüft hatte, schloß er das Kabel an. Nur wenige Minuten verstrichen, bis er es wieder löste und in das Versteck zurückschnellen ließ.

„Nun?" drängte Peter Hoffmann. „Was ist los? Willst du nicht endlich den Mund aufmachen?"

„Paps, du bist zu ungeduldig", tadelte der Roboter den Major. „Wir stehen vor einem großen Problem."

„Probleme sind dazu da, gelöst zu werden."

„Camiel, schnell. Wir müssen wissen, was los ist", mahnte Perkins.

„Ja, Sir. Ich habe festgestellt, daß wir die Lady nicht so ohne weiteres von der Maschine abtrennen können. Es gibt eine Sicherheitsschaltung darin. Diese bewirkt, daß die Lady den Verstand verliert, wenn wir die Kabel abnehmen."

„Cindy würde wahnsinnig werden?" fragte Peter Hoffmann.

„Ohne Zweifel, Paps."

Ratlos blickten die beiden Männer sich an. Sie wußten nicht, was sie tun sollten, da sie die Gesundheit der Wissenschaftlerin auf keinen Fall gefährden wollten.

„In diesem Computer steckt ihr ganzes Wissen", erläuterte Camiel. „Die Schläfer erfahren also, wo unser Sonnensystem ist, wenn sie die gespeicherten Daten abrufen. Die astronavigatorischen Daten haben sie dem Computer bereits entnommen. Daraus ist zu schließen, daß sie zur Erde fliegen wollen."

„Sie haben vor, die Stadt Inti Huan, die sie vor Jahrhunderten verlassen mußten, wieder aufzubauen", vermutete Peter Hoffmann. „Sie werden sich auf der Erde festsetzen, und das wird nicht kampflos geschehen."

„Die Schläfer werden Krieg gegen uns führen", bestätigte Camiel. „Das in dem Computer gespeicherte Wissen bestätigt es. Die Erde ist ein heiliger Planet für sie."

„Ein heiliger Planet?" fragte Commander Perkins erstaunt. „So etwas müßte einen handfesten Grund haben."

„Den hat es auch, Sir", antwortete Camiel. „Einer der ganz großen Helden der Drakenen – wie die Schläfer sich selbst nennen – ist im Kampf auf der Erde gefallen. Die Drakenen haben ihn als eine Art Gott verehrt. Sie nannten ihn den Sohn des Dunklen."

„Das ist eine Katastrophe", stellte Perkins betroffen fest. „Wir müssen verhindern, daß es zu einem Krieg um die Erde und das Sonnensystem kommt."

„Wenn Sie daran interessiert sind, Sir, kann ich Ihnen zeigen, wie die Drakenen kämpfen und herrschen. In diesem Computer sind einige Gründe dafür gespeichert, daß sie von den Völkern der Galaxis in die Verbannung geschickt wurden."

„Gut. Ich will es sehen. Du überlegst dir inzwischen, wie wir Cindy befreien können, ohne daß sie den Verstand verliert."

„Ich werde mich bemühen, Sir, und ich bin sicher, daß ein Geschöpf meiner Klasse eine passable Lösung finden wird."

„Fang bloß nicht an zu spinnen", stöhnte Peter Hoffmann. „Nicht jetzt, du Plastikheini."

Camiel drückte einige Tasten am Computer, und auf einem Bildschirm darüber erschienen Bilder des Schreckens. Die beiden Terraner sahen, wie die Schläfer gegen die von ihnen bekämpften oder beherrschten Völker vorgegangen waren. Schon nach wenigen Minuten gab der Commander Camiel den Befehl, abzuschalten.

„Das ist nicht zu ertragen“, sagte er erschüttert.

„Unfaßbar.“ Peter Hoffmann massierte sich den Hals. „Da kann einem übel werden.“

„Diese Wesen dürfen die Erde niemals betreten oder auch nur in ihre Nähe kommen, Peter! Wir müssen mit allen Mitteln verhindern, daß sie zum Sonnensystem fliegen.“

„Du hast einmal gesagt, daß es niemanden gibt, der nur gut oder nur böse ist. Mir scheint, Randy, du hast dich geirrt. Die Drakenen sind schlimmer als alles, was uns je begegnet ist. Und mir ist jetzt klar, warum sie vor einigen Jahrhunderten kurzerhand aus dem Verkehr gezogen worden sind.“

„Darf ich mal unterbrechen, Sir?“

„Was gibt es, Camiel?“

„Wir können die Lady nur von dieser Maschine lösen, wenn wir jemand anderen dafür anschließen. Das hätte dann zur Folge, daß dieser andere wahnsinnig werden würde.“

„Wir schnappen uns einen von den Drakenen“, schlug Peter Hoffmann vor.

„Damit bin ich nicht einverstanden“, lehnte der Commander ab. „Mag sein, daß die Schläfer keine Moral kennen. Das heißt aber nicht, daß wir so handeln werden wie sie.“

„Ja, du hast recht“, gab der Major zu. „Aber weißt du eine andere Lösung?“

„Seien Sie bitte still“, zischte Camiel. Warnend hob er die Hände, während er lautlos zur Tür eilte. Die beiden Männer hörten, wie das Hauptschott der Zentrale betätigt wurde. Mehrere Drakenen traten auf den Gang heraus und blieben vor der Tür zum Computerraum stehen. Sie redeten erregt miteinander.

„Geht doch weiter“, wisperte Peter Hoffmann. Er hielt seine Mini-Rak schußbereit in der Hand, obwohl er wußte, daß es sinnlos gewesen wäre, sich auf einen Kampf einzulassen. Sie hätten ihn nicht gewinnen können.

„Was hast du für einen Vorschlag zu machen, Camiel?“ fragte Commander Perkins leise. „Wir müssen Cindy befreien und im Computer löschen, was sie verraten hat.“

„Wenn Sie keinen der Schläfer opfern wollen, Sir, dann gibt es nur eine Alternative. Entweder ich schließe Paps an ...“

Peter Hoffmann richtete seine Mini-Rak drohend auf den Roboter.

„Noch ein Wort, Freundchen, und Dr. Andreotti muß auf dich verzichten.“

„Leise!“ warnte Perkins.

„... oder ich lege die Kontakte bei mir an“, fuhr Camiel ungerührt fort. „Das würde allerdings bedeuten, daß sich mein genialer Geist trüben würde.“

„Welch herrliche Aussichten“, freute sich Peter Hoffmann.

Abermals hob Camiel warnend die Hand. Er stellte sich vor die Tür, als erwarte er, daß sie sich öffnete. Mehrere Sekunden lang verharrte er mit kampfbereit erhobenen Händen. Doch die Drakenen kamen nicht herein. Sie entfernten sich, und ihre Stimmen verklangen in der Ferne. Aufatmend drückte Perkins seine Waffe an die Magnethalterung am Gürtel zurück.

„Und jetzt zu dir, Camiel. Wird dein Wissen an den Bordcomputer überfließen, wenn du Cindys Platz einnimmst?“

„Auf keinen Fall, Sir. Das weiß ich zu verhindern.“

„Gut, Camiel, dann tausche mit Cindy.“

„Wie Sie wünschen, Sir.“

Der Roboter ging zu der jungen Frau und löste die Kabelverbindungen behutsam ab, um die Kontakte nach und nach bei sich selbst anzulegen. Dazu öffnete er winzige Klappen an seinem Kopf und im Nacken, so daß er seinen Computer an den der Schläfer anschließen konnte.

Cindy schlug die Augen auf und sah sich verstört um.

„Nicht bewegen, Cindy“, bat Commander Perkins leise.

„Gleich können Sie aufstehen."
„Randy – was ist los?" Sie hob die Hände zum Kopf, spürte die Kabel und begriff.
Camiel nahm die letzten Kontakte ab, und half der Wissenschaftlerin aufzustehen. Dann ließ er sich auf die Liege sinken.
„Er macht einen ganz normalen Eindruck", sagte Peter Hoffmann.
„Das ändert sich, Paps, wenn ich die Kabel nachher abnehme", erwiderte der Roboter mit singender Stimme.
Cindy lehnte sich erschöpft gegen den Commander.
„Ich hatte die Hoffnung schon aufgegeben, Randy", gestand sie. „Sind wir wirklich an Bord eines Raumschiffes?"
„Ja, das sind wir." Er führte sie zu einem Hocker, so daß sie sich setzen konnte. Dann fragte er sie behutsam, was geschehen war.
„Ich habe wie vereinbart vor der Schleuse gewartet", erwiderte sie. „Dort hat mich ein Roboter überwältigt und verschleppt."
Sie schilderte ihre Begegnung mit Marco Catar und berichtete, was er gesagt hatte, so daß die Zusammenhänge der Ereignisse für Perkins und Peter Hoffmann klar wurden.
„Das Sonnentor und die anderen Bauwerke – die es ebenfalls auf der Erde gibt – wurden also nur errichtet, um allen Besuchern zu sagen: Hier sind die Drakenen eingeschlossen", sagte der Major.
„Richtig", bestätigte Cindy. „Leider konnten wir mit dieser Warnung nichts anfangen, denn wir wußten ja nichts von den Drakenen, obwohl diese auf unserer Erde gelebt haben."
„Wir gehören ja auch erst seit wenigen Jahren zu den Völkern, die ihren eigenen Planeten verlassen und in die Weite der Galaxis vorstoßen können", stellte Perkins fest. „Andere raumfahrende Nationen wissen sicherlich genau über die Drakenen Bescheid. Wir sind unserem copanischen Gegenspieler also in eine sauber

aufgestellte Falle gegangen."

„Und wohin fliegen wir jetzt?" fragte Cindy.

„Zum Mond, mein Liebchen", antwortete Camiel und begann zu singen. „Zum dritten Mond, der gar kein Mond, sondern ein Sternenschiff ist."

Peter Hoffmann drückte ihm rasch die Hand auf das Gesicht, weil er diese Worte gar zu laut herausbrachte.

„Was soll der Lärm? Bist du wahnsinnig geworden?" stöhnte er.

„Ja, genau das bin ich", antwortete Camiel fröhlich.

## Der dritte Mond

Als das Raumschiff sein Ziel erreichte und an dem Sternenschiff anlegte, polterte und zischte es so laut, als drohe der Raumer zu zerbrechen. Commander Perkins ging zur Tür. Er wollte sich mit Peter Hoffmann und Cindy aus der unmittelbaren Nähe der Zentrale zurückziehen, doch gerade jetzt verließen die Schläfer ihre Kabine. Laut schwatzend und lachend zogen sie über den Gang. Bald aber wurde es still im Schiff.

„Sie gehen von Bord", sagte der Commander. „Glücklicherweise ist niemand auf den Gedanken gekommen, nach Cindy zu sehen."

„Was machen wir?" fragte die Wissenschaftlerin. „Bleiben wir hier?"

„Nein", erwiderte Perkins. „Wir müssen ins Sternenschiff."

Peter Hoffmann beugte sich über Camiel.

„Wie geht es dir, Plastikheini?" fragte er.

„Gut, Paps, abgesehen davon, daß ich schlecht träume. Aber das wird sich geben, wenn ich dich nicht mehr sehen muß."

„Du behauptest, daß du Alpträume hast, nur weil dir mein Aussehen nicht gefällt?"
„Schön bist du ja nun wirklich nicht, Paps."
Peter Hoffmann lief rot an. Er griff nach den Kabeln.
„Nicht doch", lachte Perkins.
„Nein? Warum nicht, Randy? Bist du etwa auch seiner Meinung?"
„Er will dir den Abschied leichter machen, Peter. Weiter nichts."
„Ach, so ist das." In den Augen Hoffmanns blitzte es verdächtig auf. „Also gut, du grüne Olive, ich verzeihe dir."
Er ging auf die Tür zu, blieb dann jedoch stehen und drehte sich um.
„Moment mal, kann ein Roboter überhaupt träumen?"
Cindy lachte ebenfalls.
„Die 27. Generation ist voller Geheimnisse", erwiderte sie. „Wer weiß?"
Peter Hoffmann fuhr sich mit dem Handrücken über das unrasierte Kinn. Er lächelte etwas und schloß sich Cindy und dem Commander an, die mittlerweile auf den Gang hinausgetreten waren. Perkins ging zum offenen Schott der Zentrale hinüber. Niemand hielt sich im Kommandoraum des Schiffes auf. Über dem Sitz des Piloten befand sich ein großer Bildschirm. Auf ihm war ein Teil eines riesigen Sternenschiffes zu sehen, an dem die Raumfähre angelegt hatte.
Der dritte Mond! dachte Perkins.
„Beeile dich, Randy", drängte Peter Hoffmann. „Von unten kommt jemand. Oh, verflixt, wenn die merken, daß Camiel anstelle von Cindy unter der Metallhaube liegt, ist der Teufel los."
Perkins folgte dem Major und der jungen Frau. Sie liefen zu der Schleuse, durch die sie ins Schiff gekommen waren, und sie

fanden sie offen und unbewacht vor, so daß sie unbemerkt ins Sternenschiff überwechseln konnten.

Ein kurzer Gang führte zu einem Schott, das leise knirschend zur Seite glitt, als sie sich ihm bis auf wenige Schritte genähert hatten. Es gab den Blick in eine phantastische Landschaft frei, die keiner von ihnen hier erwartet hatte.

Im Licht mehrerer künstlicher Sonnen grünten und blühten Tausende von fremdartigen Bäumen und Büschen in allen nur denkbaren Farben. Dazwischen erstreckten sich gepflegte Rasenflächen, auf denen zahlreiche – ihnen unbekannte – Tiere ästen. Sie bewegten sich außerordentlich anmutig und waren ohne Scheu.

Der Duft der Blumen wehte Cindy und den beiden Männern entgegen.

„Unglaublich“, staunte Peter Hoffmann. „Wie ist so etwas möglich? In diesem Schiff ist doch seit Jahrhunderten niemand mehr gewesen, der sich um dies alles hätte kümmern können.“

„Roboter waren hier“, entgegnete Perkins. „Sie haben das Schiff und seine Anlagen gewartet und für den Tag der Rückkehr vorbereitet.“

Sie schritten in den Park hinein und blieben auf den sorgfältig angelegten Wegen. Für einige Minuten vergaßen sie die Gefahr, in der sie sich befanden. Dann aber bemerkten sie einige Roboter und eine Gruppe von Schläfern, die sich ihnen näherten. Erschrocken zogen sie sich in die Deckung der Büsche zurück.

„Wohin gehen wir?“ fragte Cindy leise, während sie darauf warteten, daß die Drakenen sich wieder entfernten.

„Ich gehe davon aus, daß alle Aussagen, die Sie unfreiwillig gemacht haben, mittlerweile im Hauptcomputer in der Zentrale dieses Sternenschiffes gespeichert sind“, antwortete er. „Wir müssen daher die Zentrale finden und die eingespeicherten Daten verändern.“

„Du meinst, wir müssen sie löschen?“

„Nein, Peter. Nicht löschen, sondern verändern, soweit uns das möglich ist. Wir müssen verhindern, daß dieses Schiff zur Erde fliegt. Wir werden es zu einem anderen Sternensystem lenken.“

„Dann fallen die Drakenen über ein anderes Volk her und versklaven es – falls sie nicht noch Schlimmeres mit ihm anstellen“, gab Peter Hoffmann zu bedenken.“

„Ich bin mir dieser Gefahr bewußt“, erwiderte Perkins. „Das können wir nicht zulassen, denn damit würden wir uns ebenso schuldig machen wie die Schläfer.“

„Sie haben recht, Randy. Wir haben die Drakenen befreit. Jetzt müssen wir dafür sorgen, daß sie kein Unheil anrichten.“

„Wir haben sie aus ihrem Gefängnis geholt, weil ein anderer es so wollte“, sagte Peter Hoffmann. „Wenn es mir jemals vergönnt sein sollte, zur Erde zurückzukommen, dann werde ich mich auf die Socken machen und diesen Unbekannten jagen, bis ich ihn habe.“

„Was werden wir also tun?“ fragte Cindy.

„Wir versuchen, die Schläfer zunächst auf eine Reise ins Ungewisse zu schicken. Dadurch gewinnen wir Zeit. Vielleicht fällt uns später eine brauchbare Lösung des Problems ein. Und wenn wir überhaupt nicht weiterkommen, bleibt uns immer noch die Möglichkeit, die Völker der Galaxis zu warnen und notfalls die Copaner zu Hilfe zu rufen.“

Vorsichtig schlichen sie sich durch die Parkanlage. Sie kamen in eine Halle, in der in riesigen Behältern Algen gezüchtet wurden, aus denen offenbar Nahrungsmittel für die Schläfer gewonnen werden sollten. Da hier ausschließlich Robotermaschinen arbeiteten, wurden sie nicht aufgehalten.

Peter Hoffmann entdeckte die Zentrale, von der aus die Algenzucht gesteuert wurde, und fand hier leicht verständliche

Hinweise darauf, wo die Hauptleitzentrale des Raumschiffes war.

„Peter und ich gehen auf jeden Fall in die Zentrale“, erklärte der Commander der Wissenschaftlerin. „Von jetzt an wird es aber immer schwieriger. Wollen Sie hier auf uns warten?“

„Auf keinen Fall, Randy. Ich bleibe bei Ihnen. Sie verstehen nicht annähernd soviel von Computern wie ich.“

„Das ist richtig.“ Er öffnete die Tür zu einer Maschinenhalle, von der aus er glaubte, die Zentrale erreichen zu können.

Vier Drakenen kamen direkt auf ihn zu. Überrascht blieben sie stehen und starrten ihn an wie eine Erscheinung. Dann aber schrie einer von ihnen auf und stürzte sich auf einen Metallschrank, der nur wenige Schritte von ihm entfernt war. Er riß ihn auf, holte eine Waffe heraus und richtete sie auf Commander Perkins, der seine Faust blitzschnell gegen den Schaltknopf der Tür hieb. Diese schloß sich zischend. Im gleichen Augenblick schoß der Schläfer. Der Energiestrahl aus seiner Waffe traf die Tür und ließ sie rot aufglühen.

„Dort hinüber“, rief Perkins und flüchtete mit Cindy und dem Major zu einer anderen Tür, durch die sie in eine benachbarte Maschinenhalle kamen. Geduckt rannten sie hinein. Alarmpfeifen heulten auf.

„Sie haben die Zentrale benachrichtigt“, sagte Peter Hoffmann. „Allmählich wird es eng für uns.“

Sie liefen an einer Maschine entlang, die bis zur Decke der Halle hinaufreichte, und flohen dann in einen schräg nach unten führenden Tunnel.

„Sie glauben, daß wir noch immer da hinten sind“, sagte Cindy verwundert. „Sie machen einen Heidenlärm.“

Sie blickte zurück und sah, daß immer mehr Schläfer in die Halle kamen, um sich an der Suche nach ihnen zu beteiligen. Aus mehreren Lautsprechern dröhnte eine Stimme, deren Klang

Cindy und den beiden Männern einen kalten Schauer über den Rücken jagte.

„Das muß Marco Catar sein", sagte sie. „Er befindet sich an Bord."

Atemlos blieb sie an einer Tür stehen.

„Menschen der Erde", hallte es aus den Lautsprechern. „Ihr befindet euch an Bord des Sternen- und Generationsschiffes *Nukleon!* Wir starten in diesen Sekunden. In spätestens acht Monaten werden wir im Sonnensystem sein und die Erde angreifen. Ihr könnt es nicht verhindern. Stellt euch! Leistet keinen Widerstand! Nur dann könnt ihr überleben. Wenn ihr euch uns aber weiterhin widersetzt, werden wir euch töten."

Das Armbandfunkgerät des Commanders piepte leise. Überrascht schaltete er es ein.

„Es ist Marco Catar", flüsterte Cindy. „Er hat mein Funkgerät."

„Sir", wisperte es aus den winzigen Lautsprechern. „Hören Sie mich?"

„Allerdings, Camiel."

„Ich habe die Kabel abgenommen, Sir. Wahrscheinlich habe ich damit einen Alarm ausgelöst. Jetzt würde ich mich Ihnen gern anschließen. Wo finde ich Sie?"

Perkins beschrieb ihm den Weg, den sie eingeschlagen hatten.

„Das ist gut, Sir", erwiderte der Roboter. „Ich bin gleich bei Ihnen."

„Willst du wirklich auf diese Nervensäge warten?" fragte Peter Hoffmann, als Perkins abgeschaltet hatte. „Ich glaube nicht, daß er uns helfen kann."

„Warten wir es ab."

„Da kommt er schon", sagte Cindy.

Tatsächlich eilte Camiel bereits heran. Doch er bot nicht mehr das gleiche Bild wie zuvor. Seine schlanke und ebenmäßige

Gestalt sah arg zerschunden aus. Er hinkte stark, und von seinem Kopf hingen nahezu zwanzig zerrissene Kabel herab. Er schien Mühe zu haben, das Gleichgewicht zu halten, denn er mußte sich immer wieder an der Wand abstützen.

„Es deprimiert mich, Sir, in diesem Zustand unter Ihre Augen treten zu müssen“, erklärte er mit nach wie vor wohlklingender Stimme. „Doch ich habe wohl keine andere Wahl.“

„Was ist passiert, Camiel?“ fragte Peter Hoffmann.

„Ich hatte eine etwas unangenehme Auseinandersetzung mit einer primitiven Spezies, die ausschließlich für den Zweikampf konstruiert war“, antwortete der Grüne. Er legte eine Hand auf die Brust und neigte den Kopf zur Seite. „Der Arme hat seinen letzten Weg angetreten.“

„Du hast ihn also zur Hölle geschickt“, stellte der Major befriedigt fest.

„Nein, Paps, zum Schrottplatz“, antwortete Camiel trocken. „Ein Schicksal, das mir hoffentlich noch lange erspart bleibt.“

Immer wieder hallte die Aufforderung Marco Catars aus den Lautsprechern, sich ihm zu stellen. Doch Commander Perkins dachte nicht daran, ihr nachzukommen. Das Sternenschiff war riesig, daher mußte es an Bord so viele Verstecke geben, daß sie sich zur Not auf Monate hinaus verborgen halten konnten. Geschickt kämpfte er sich bis in die Nähe der Hauptleitzentrale vor, wobei ihm Camiel wertvolle Dienste leistete. Selbst Peter Hoffmann mußte anerkennen, daß sie ohne den Roboter nicht so weit gekommen wären.

„Wir haben Glück“, sagte Cindy. „In der Nähe der Zentrale halten sich kaum Schläfer auf. Marco Catar scheint nicht damit zu rechnen, daß wir uns ausgerechnet hierher wagen.“

Sie blieben vor einer Tür stehen, die mit einem positronischen Schloß gesichert war, aber für Camiel kein ernsthaftes Hindernis darstellte. Er öffnete es in wenigen Sekunden und machte ihnen damit den Weg in einen Raum frei, der mit den vielen Zusatzaggregaten des Hauptcomputers bis in den letzten Winkel gefüllt war.

„Damit habe ich gerechnet, Sir", sagte Camiel. „Es ist wie auf der Raumfähre. Um Platz zu sparen, haben die Drakenen diese Computerteile unter der Zentrale untergebracht. Die Schaltungen und Bildschirme aber sind oben. Wir können also ungestört arbeiten."

Cindy rief den Roboter zu sich und untersuchte zusammen mit ihm die verschiedenen Computer, die sich überraschenderweise gar nicht einmal so sehr von den Rechnern unterschieden, die auf der Erde gebaut wurden. Bald fand die Wissenschaftlerin unter den vielen Geräten dasjenige heraus, in dem die astronavigatorischen Daten für den Flug zur Erde gespeichert waren, und sie löschte sie mit Hilfe Camiels. Anschließend überspielte der Roboter von seinem Computer neue Daten, die das Sternenschiff auf einen anderen Kurs brachten. Die Abweichungen waren geringfügig, mußten sich aber auf einer so gewaltigen Strecke, wie sie vor der *Nukleon* lag, stark bemerkbar machen.

„Die Schläfer werden den Kurs immer wieder überprüfen", erläuterte sie. „Deshalb müssen wir sie in den Orion-Arm lenken, in dem auch unser Sonnensystem liegt. Dennoch werden sie uns nicht finden. Sie werden die Erde um Dutzende von Lichtjahren verfehlen."

„Was wissen sie über den Dimensionsbrecher?" fragte der Commander.

„Wahrscheinlich nichts", erwiderte Camiel. „Ich habe alles gelöscht, was damit zusammenhängt, und dafür Daten eingespeist, die wertlos für sie sind. Ich weiß allerdings nicht, ob die Schläfer vorher bereits Informationen abgerufen haben."

„Das glaube ich nicht. Ihnen ging es zunächst einmal nur um

den Kurs zur Erde."

„Es muß sie ziemlich überrascht haben, daß sie ausgerechnet von Menschen der Erde befreit worden sind", sagte der Roboter.

„Das glaube ich auch", entgegnete Perkins.

„Und was jetzt?" fragte Peter Hoffmann. „Verstecken wir uns an Bord und machen es uns gemütlich?"

„Wenn Sie dieses Sternenschiff verlassen wollen, Sir", sagte Camiel und wandte sich an den Commander, „dann müssen Sie sich beeilen. Nach den Informationen, die ich aus dem Computer gewonnen habe, geht das Raumschiff in vierunddreißig Minuten unserer Zeitrechnung zum überlichtschnellen Sternenflug über. Von da an müssen wir in der *Nukleon* bleiben."

„Sicherlich gibt es Beiboote", bemerkte Perkins. „Die Frage ist nur, ob wir es in der kurzen Zeit schaffen, eines zu finden und damit zu starten."

„Ich denke doch, Sir", antwortete Camiel. „Das war ja der Grund dafür, daß ich mich vorhin etwas verspätet habe."

„Willst du damit sagen, daß du dich nach einem Beiboot umgesehen hast, Camiel?" fragte Peter Hoffmann.

Der Roboter drehte sich um und blickte ihn an. Zugleich richtete er sich ein wenig höher auf und riß eines der Kabel von seinem Kopf ab.

„Du fällst aus der Rolle Paps", tadelte er. „Derart freundliche Worte von deiner Seite irritieren mich."

Peter Hoffmann lächelte, ging aber nicht auf diese Worte ein.

„Schnell", drängte Cindy. „Führ uns zu dem Beiboot, bevor es zu spät ist."

In den vergangenen Minuten, in denen sie angestrengt und unter höchster Konzentration am Computer gearbeitet hatten, hatten sie nicht daran gedacht, daß Marco Catar noch immer nach ihnen suchen ließ und daß sich die Besatzung der *Nukleon* in Alarmbereitschaft befand. Als sie das Rechenzentrum jedoch verließen, vernahmen sie das Geschrei der Drakenen, und die Stimme ihres Herrschers hallte ihnen entgegen. Immer wieder forderte er sie auf, sich endlich zu ergeben.

Camiel eilte ihnen humpelnd voraus. Hin und wieder blieb er stehen und stütze sich an der Wand ab, als sei ihm der Atem ausgegangen.

„Er ist am Ende", flüsterte Cindy. „Die Wahnsinnsschaltung hat ihm zu hart zugesetzt."

Sie durchquerten eine Halle, in der Maschinen der unterschiedlichsten Art lagerten. Die meisten von ihnen schienen Teile von Fabrikationsanlagen zu sein, wie sie bei der Erschließung von neuen Welten benötigt wurden.

Camiel führte Cindy und die beiden Offiziere trotz seiner offensichtlichen Schwäche geschickt an Gruppen von Schläfern vorbei, die nach ihnen suchten, bis zu einem Panzerschott.

„Von hier aus ist es nicht mehr weit", verkündete er. „Nur noch etwa fünfzig Meter. Aber der Gang ist gesichert. Ich konnte ihn vorhin umgehen. Wir müssen hindurch, weil die Zeit sonst zu knapp wird."

„Inwiefern gesichert?" fragte Peter Hoffmann.

„Wir müssen mehrere Infrarot-Schranken durchbrechen", erwiderte er. „Dadurch lösen wir einen Alarm aus. Wir müssen also schnell sein."

„Wir haben verstanden, Camiel", sagte Commander Perkins. „Sobald wir die Infrarot-Schranken berühren, wissen die Drakenen, wo wir sind. Sie werden hierher kommen und auf uns schießen. Wir müssen also im Beiboot sein, bevor der erste Schläfer auftaucht und seine Waffe abfeuern kann."

„Genau, Sir."

„Du bleibst hinter uns, damit du uns notfalls decken kannst", befahl der Commander dem Roboter.

„Sehr gern, Sir, obwohl ich der einzige bin, der das Beiboot starten und lenken kann. Zumindest auf Anhieb. Ich habe mir vorhin die Zeit genommen, mir die Zentrale etwas anzusehen."

„Dennoch wirst du den Abschluß bilden."

„Das ist für mich selbstverständlich, Sir. Die Rettungsaktion hätte wenig Sinn, wenn ich sozusagen der einzige Überlebende wäre."

„Du sagst es", entgegnete Peter Hoffmann.

Camiel öffnete das Schott zu einem schmalen Gang, an dessen Ende eine gelb leuchtende Tür lag. Die Infrarotschranken waren nicht zu erkennen.

Lautlos schloß sich das Schott wieder.

„Ich glaube nicht, daß uns jemand gesehen hat", sagte Camiel. „Dennoch sollten wir uns beeilen."

„Lauft", rief Commander Perkins. „Lauft, so schnell ihr könnt!"

Peter Hoffmann und die Wissenschaftlerin rannten los. Perkins folgte ihnen im Abstand von einigen Metern, und den Abschluß bildete der hinkende Roboter. Camiel fiel schon nach wenigen Schritten zurück. Mühsam kämpfte er sich voran.

Alarmpfeifen heulten auf.

„Jetzt wissen wir, wo ihr seid, Terraner", brüllte die Stimme Marco Catars aus den Lautsprechern. „Glaubt nicht, daß ihr uns entkommen könnt!"

Peter Hoffmann erreichte das gelbe Schott. Er stieß seine Faust gegen den Schaltknopf an der Wand, doch es schien, als reagiere die Elektronik nicht. Wieder und wieder hämmerte er gegen den Schalter, und endlich glitt die Tür zur Seite.

Commander Perkins blickte zurück. Camiel war noch gute fünfzehn Meter von ihm entfernt.

„Schneller, Camiel, schneller", rief er, während Peter Hoffmann und die junge Frau sich durch die Tür drängten.

„Verflixt, hier ist eine Schleuse", meldete der Major. „Wir

können das andere Schott nicht öffnen, bevor ihr hier drinnen seid!"

Randy Perkins sah, daß sich die Tür weit hinter Camiel bewegte. Die Verfolger kamen.

„Kopf runter", befahl er.

Camiel kippte ungelenk nach vorn. Er prallte dröhnend auf den Boden und kroch auf allen vieren weiter, so daß Commander Perkins seine Mini-Rak abfeuern konnte. Die winzigen Geschosse aus seiner Waffe rasten heulend durch den Gang und schlugen fünfzig Meter hinter dem Roboter gegen das Panzerschott, richteten dort jedoch nur wenig Schaden an. Immerhin hielten die Explosionen die Drakenen und ihre Kampfroboter einige Sekunden lang auf. Camiel kroch mühsam auf die Schleuse zu. Er schien sich kaum noch bewegen zu können, und Commander Perkins befürchtete, daß er im nächsten Moment zusammenbrechen werde. Er packte seinen Arm und zog ihn die letzten zwei Meter. Dann schloß er das Schott hinter sich. Peter Hoffmann betätigte den Schalter der anderen Tür, durch die sie in das Beiboot kommen würden. Krachend explodierten die Geschosse der Schläfer auf dem Gang und erschütterten die Schleuse, konnten die Flüchtenden jedoch nicht mehr aufhalten.

Cindy, Camiel und die beiden Männer retteten sich in das Beiboot, das so klein war, daß sie kaum Platz hatten. Die Finger des Roboters glitten über das Schaltpult. Ihre Bewegungen waren mit dem bloßen Auge kaum noch zu verfolgen. Der Antrieb des Beibootes reagierte. Das kleine Raumschiff schüttelte sich und löste sich dann überraschend leicht von der *Nukleon*. Drei Bildschirme erhellten sich. Auf ihnen erschien das Bild einer riesigen, mit vielen Buckeln und Aufbauten versehenen Wand, die sich über ihnen erhob.

„Das Sternenschiff", erklärte Camiel. „Wir lassen uns an ihm entlang bis zum Heck gleiten, damit Marco Catar nicht mit

Energiekanonen auf uns schießen kann."

Bange Minuten verstrichen, in denen sie immer wieder dicht an den gewaltigen Abstrahlkegeln der Energiegeschütze vorbeischwebten.

„Ob Marco Catar uns auf seinen Radarschirmen hat?" fragte Peter Hoffmann.

„Ich glaube nicht, Paps", erwiderte Camiel. „Wir sind so dicht beim Sternenschiff, daß er uns nicht erfassen kann."

„Wann geht die *Nukleon* zum überlichtschnellen Flug über?" fragte der Commander.

„In achtundzwanzig Sekunden, Sir."

„Dann müssen wir es riskieren. Weg von der *Nukleon*, Camiel! Wenn wir noch länger in ihrer Nähe bleiben, werden wir mitgerissen."

„Es ist gefährlich, Sir."

„Wir müssen es wagen."

Camiel drückte mehrere Tasten, und das Beiboot entfernte sich plötzlich mit hoher Geschwindigkeit von dem Sternenschiff, dessen gewaltige Ausmaße jetzt erkennbar wurden.

„Es ist mehrere Kilometer lang und breit", staunte Peter Hoffmann. „Nicht zu fassen."

„Phantastisch", sagte Cindy. „Welch eine Leistung, so etwas zu bauen!"

„Und doch ein alter Hut im Vergleich zum Dimensionsbrecher", bemerkte Randy Perkins. „Die *Nukleon* braucht Monate, um bis zur Erde zu kommen. Wir nur Sekunden."

„Vorausgesetzt, der Professor findet uns", seufzte Peter Hoffmann.

Das Sternenschiff der Drakenen hatte die Form eines Pontons. Auf seiner Oberseite erhoben sich zahlreiche bizarr geformte Waffentürme und Ortungsanlagen. Jetzt war klar zu erkennen, daß die Fähren, mit denen die Schläfer vom Planeten ihrer

Verbannung zur *Nukleon* aufgestiegen waren, an der Unterseite des Sternenschiffes angelegt hatten. Peter Hoffmann zählte insgesamt sieben Raumfähren. Höchstens drei von ihnen konnten in der kurzen Zeit, die verstrichen war, von Error gekommen sein. Mit ihnen waren alle Drakenen zum Sternenschiff gebracht worden. Es waren Tausende, doch sie konnten nur einen Teil des riesigen Schiffes füllen. Für viele Tausende blieb noch Platz.

„Gleich ist es soweit", meldete Camiel. „Noch fünf Sekunden."

Wir schaffen es! dachte Perkins. Wir müssen es schaffen! Marco Catar wird nicht schießen.

Bei dem Sternenschiff blitzte es auf. Cindy schrie. Peter Hoffmann streckte unwillkürlich die Hände aus, als könnte er die sonnenheiße Glut abwenden, die zu ihnen herüberbrandete und sie zu vernichten drohte. Geblendet schloß der Commander die Augen. Als er sie wieder öffnete, war die *Nukleon* verschwunden.

„Sie haben uns verfehlt", bemerkte Camiel in einem Tonfall, als sei er unendlich erleichtert.

Cindy lehnte sich seufzend gegen den Commander.

„Ich habe schon fast nicht mehr daran geglaubt", gestand sie.

„Falls es Sie ermüdet, Cindy, sich immer nur zu einer Seite hin anzulehnen", sagte Peter Hoffmann schmunzelnd, „ich habe auch recht breite Schultern."

„Lassen Sie nur, Peter", lächelte sie. „Ich fühle mich hier ganz wohl."

„Schade." Er blickte auf die Bildschirme, auf denen Error zu erkennen war. Das Sternenschiff hatte sie so weit in den Weltraum hinausgetragen, daß der Planet aus dieser Entfernung kaum größer zu sein schien als ein Golfball. Er leuchtete in einem intensiven Grün und hob sich deutlich von dem sternenübersäten Hintergrund der Milchstraße ab.

# KA-ZD-TR-3379 bewährt sich

Erst anderthalb Tage, nachdem sie aus der *Nukleon* geflohen waren, tauchte das Beiboot in die Lufthülle von Error. Commander Perkins, Peter Hoffmann und die Wissenschaftlerin saßen entkräftet in der Kabine und fieberten dem Augenblick entgegen, in dem sie das Kleinstraumschiff endlich verlassen konnten. Seit drei Tagen hatten sie nichts zu sich genommen, denn an Bord waren weder Getränke noch Nahrungsmittel vorhanden.

„Bist du sicher, daß wir der Olive die Landung überlassen können?“ fragte Peter Hoffmann mit krächzender Stimme.

„Warum nicht?“ entgegnete der Commander.

„Er ist ein bißchen irre. Hast du das vergessen?“

„Paps, wie kannst du so von mir reden?“ rief Camiel. „Hast du vergessen, wer ich bin? Ich bin ein Geschöpf der 27. Generation der Individualklasse. Als solches bin ich vollkommen.“

„Dann bist du am Ende deiner Entwicklung angelangt. Ein kluger Mann hat mal gesagt, einem perfekten Geschöpf bleiben nur noch zwei Wege offen.“

„Und welche sind das?“

„Der eine führt in den Himmel, der andere in die Irrenanstalt.“

„Eine interessante Theorie, Paps. Ich werde mit meinem Schöpfer, Dr. Andreotti, darüber diskutieren. Ich bin gespannt, was er dazu sagt.“

„Nur das nicht“, fuhr der Major erschrocken auf. „Andreotti würde sich sofort eine neue Strafe für mich ausdenken. Und du bist wahrhaft schon schlimm genug.“

Das Beiboot flog mit hoher Beschleunigung in die Lufthülle des grünen Planeten, verzögerte dann aber stark. Der Commander beobachtete den Roboter, um augenblicklich eingreifen zu können, falls er Fehler machen sollte. Doch Camiel arbeitete erstaunlich gut. Die Schäden, die er davongetragen hatte, schienen wirklich nur gering zu sein. Er umrundete Error einmal und landete dann kaum hundert Meter von dem Schacht entfernt, aus dem die Raumfähren zur *Nukleon* aufgestiegen waren.

„Ich werde drei Tage lang nur essen", verkündete Peter Hoffmann, als er durch die Schleuse hinauskletterte. „Seht mich an – ich bin nur noch Haut und Knochen! Mein eigener Vater würde mich nicht wiedererkennen."

Commander Perkins lächelte. Peter Hoffmann hatte keinen Vater mehr. Nur seine Mutter lebte noch. Sein Vater war als junger Mann vor mehr als dreißig Jahren mit einem Raumschiff nach Alpha Centauri gestartet. Seitdem war er verschollen, und es war ausgeschlossen, daß er noch lebte. Aber selbst wenn Commander Clint Stephan Hoffmann plötzlich wieder aufgetaucht wäre, hätte er seinen Sohn nicht erkannt, da dieser beim Start der Alpha-Centauri-Expedition noch gar nicht geboren war.

Sie gingen zu ihrem Lager, das von dem Riesenroboter teilweise zerstört worden war, und machten sich über den Proviant her.

Erst als sie ihren Durst gestillt und etwas gegessen hatten, gingen sie zum Schacht der Drakenen-Anlage. Er stand noch immer offen.

Vorsichtig näherten sie sich ihm über lockeres Geröll. Etwa zehn Meter von ihm entfernt blieben sie stehen. Commander Perkins nahm einen Stein und schleuderte ihn in den Schacht, um zu prüfen, ob das Antigravfeld noch vorhanden war. Der Stein stürzte in die Tiefe.

„Aus und vorbei! Das Schwerefeld ist weg“, stellte Peter Hoffmann fest. „Wir können also nicht nach unten und uns dort einrichten. Wir müssen ...“

Er schwieg verdutzt, denn über dem Schacht erschien plötzlich ein kastenförmiger Roboter. Er fiel ebenso rasch wie der Stein in die Tiefe und schlug laut krachend auf dem Grund des Schachtes auf.

„Mein Vater sucht nach uns!“ rief Cindy. „Er hat den Roboter geschickt.“

„Aber er weiß nicht, daß dort, wo vorher die Ruinenstadt war, jetzt ein Schacht ist.“

An der gleichen Stelle, an der die Maschine aufgetaucht war, begann es blau zu leuchten.

„Er hat ein Erfassungsfeld errichtet“, erkannte Peter Hoffmann, „aber es ist unerreichbar für uns. Es ist mindestens zwanzig Meter von der Kante entfernt.“

„Er wird einen anderen Roboter schicken und ihn an anderer Stelle ankommen lassen“, hoffte Cindy. „Er gibt nicht auf.“

„Wer weiß, wie lange er es schon versucht? Vielleicht seit Tagen“, sagte Perkins. „Wir müssen ihm ein Zeichen geben.“

„Am besten werfen wir ein Funkgerät mit einer Nachricht in das Erfassungsfeld“, schlug Cindy vor.

Peter Hoffmann nahm in aller Eile sein Armbandgerät ab und sprach eine Nachricht hinein. Dann schleuderte er das Gerät zum Erfassungsfeld hinüber. Doch das erlosch, und das Funkgerät verschwand in der Tiefe des Schachts.

Peter Hoffmann fluchte und schickte einen Stein hinterher, während Perkins sein Funkgerät – das letzte, das sie noch hatten – für einen weiteren Versuch vorbereitete.

Er war schon nach wenigen Minuten fertig. Jetzt aber ließ das Erfassungsfeld auf sich warten ...

Ein Schwarm großer, schwarzer Vögel zog im Tiefflug über

den Schacht hinweg. Einige Tiere sanken träge bis zwischen die beiden aufgeklappten Tore herab. Ihre Schreie hallten von innen wider. Drei antilopenähnliche Tiere suchten auf der anderen Seite des Schachts nach Insekten, die unter dem Geröll verborgen waren, und näherten sich dem tödlichen Abgrund dabei immer mehr, bis Peter Hoffmann sie mit lauten Rufen und einigen Steinwürfen vertrieb.

„Die Schläfer hätten die Tore wenigstens wieder zufahren können", sagte er mürrisch. Er rasierte sich, indem er sich das Kinn mit einer Creme einrieb, die sich rasch und mühelos mitsamt dem Bart wieder entfernen ließ.

„Ich verstehe nicht, daß mein Vater kein weiteres Erfassungsfeld errichtet", bemerkte Cindy.

„Dafür kann es tausend Gründe geben", entgegnete Randy Perkins. „Vielleicht ist es spät in Delta-4, und der Dienstbetrieb pausiert für einige Stunden."

„Mein Vater gibt nicht auf. Er muß technische Schwierigkeiten haben! Vergessen Sie nicht, daß wir viertausend Lichtjahre von der Erde entfernt sind. Das ist eine ungeheuerliche Distanz. Noch nie zuvor sind wir so weit in die Galaxis vorgedrungen. Eine winzige Ungenauigkeit in der Positronik kann bewirken, daß mein Vater uns um viele Kilometer verfehlt."

„Oder Oberst G. Camiel Jason spielt mal wieder verrückt", vermutete Peter Hoffmann.

Cindy sprang auf.

„Da", rief sie erregt und zeigte auf die Schachtöffnung. „Ein Roboter!"

Die Maschine war wie aus dem Nichts heraus aufgetaucht. Der Dimensionsbrecher hatte sie in Bruchteilen von Sekunden vom Mond der Erde hierher versetzt. Doch da sie keinen festen Grund unter sich hatte, stürzte auch sie ab und zerschellte.

„Gleich kommt ein Erfassungsfeld", sagte Cindy erregt. „Mein

Vater wird versuchen, den Roboter zurückzuholen.

Commander Perkins nahm das vorbereitete Funkgerät in die Hand.

„Sir, wenn Sie es wünschen, werde ich werfen“, sagte Camiel.

„Das ist eine gute Idee“, entgegnete der Commander und reichte Camiel das Gerät.

„Die grüne Olive ist nicht auf der Höhe“, gab Peter Hoffmann zu bedenken. „Sie hat sozusagen einen Dachschaden.“

Doch es war zu spät, jetzt noch etwas zu ändern. Das Erfassungsfeld erschien. Es leuchtete blaßblau und war im hellen Sonnenlicht kaum zu erkennen. Camiel holte aus und schwang seinen Arm nach vorn. Mitten in der Bewegung aber knarrte und knirschte es eigenartig in seinem Schultergelenk. Das Mehrzweckgerät flog aus seiner Hand in den Schacht hinein.

„Das ist nicht weit genug!“ schrie Peter Hoffmann.

„Es tut mir leid“, sagte der Roboter.

Wie gebannt beobachteten Cindy und die beiden Offiziere, wie das Gerät sich kurz vor dem Erfassungsfeld absenkte, etwa einen Meter unter ihm hindurchglitt und dann in der Tiefe verschwand.

„Jetzt haben wir gar nichts mehr, womit wir uns verständlich machen können“, stellte Peter Hoffmann niedergeschlagen fest. Er machte Camiel keinen Vorwurf, und auch der Roboter verzichtete auf jede Bemerkung.

„Wir holen alle Ausrüstungsgegenstände hierher“, befahl Commander Perkins. „Sobald wieder ein Erfassungsfeld erscheint, werfen wir alles hinein, was dem Professor irgendeinen Hinweis geben könnte.“

Cindy wollte als erste zum Lager gehen, doch der Commander bat sie, am Schacht zu bleiben und zu beobachten.

„Wir müssen es sofort wissen, wenn wieder ein Erfassungsfeld da ist, damit wir entsprechend reagieren können“, erläuterte er.

„Dazu muß jemand hierbleiben. Niemand wäre dafür besser geeignet als Sie."

Cindy lächelte.

„Sie wollen nur nicht, daß ich schwere Lasten trage, Randy. Also gut. Ich bin einverstanden."

Etwa zwei Stunden später hatten die beiden Männer und der Roboter alles herangeschleppt, was sich ohne größeren Aufwand transportieren ließ.

„Ich möchte Ihnen einen Vorschlag machen, Sir", sagte Camiel.

„Heraus damit!"

„Sir, es ist hauptsächlich ein Energieproblem. Ich könnte mich wesentlich besser, sicherer und schneller bewegen, wenn meine Energiereserven aufgefüllt würden."

„Das ist zur Zeit nicht wichtig."

„Vielleicht doch, Sir", widersprach Camiel. „Ich wollte Ihnen einen Vorschlag machen. Wenn meine Energiereserven ergänzt werden, könnte ich in das Erfassungsfeld springen und den Professor über die Schwierigkeiten unterrichten, die wir haben."

„Du willst springen?" fragte Peter Hoffmann überrascht. „Aber das ist unmöglich. Du müßtest wenigstens zwanzig Meter überwinden. Und sieh dich doch an – du bist am Ende! Du kannst dich kaum noch auf den Beinen halten."

„Da hinten liegt der Riesenroboter. Ich bin sicher, daß es in seinem Körperinneren noch funktionstüchtige Energiezellen gibt, die ich für mich verwenden kann."

„Moment mal", sagte Cindy. „Das ist eine gute Idee. Warum sollten wir diese Chance nicht nutzen?"

„Und wenn er vorbeispringt?" gab Peter Hoffmann zu bedenken. „Oder wenn das Erfassungsfeld erlöscht, bevor er es erreicht hat? Was dann?"

„Das Risiko muß ich eingehen, Paps."

„Nenn mich nicht so. Nicht jetzt."

„Ach, du hast Angst um Camiel, den du sonst immer nur beschimpfst?" Commander Perkins lächelte. „Sollten deine deftigen Bemerkungen etwa gar nicht so gemeint sein?"

Peter Hoffmann wich seinen Blicken aus. Er fuhr sich verlegen über das Kinn.

„Ach, was, ich meine nur...", stotterte er, fing sich dann aber und fügte mit fester Stimme hinzu: „Und was ist, wenn wir scheitern? Wenn wir allein auf diesem schönen Planeten bleiben müssen, dann brauchen wir den Roboter dringend. Das ist dir doch hoffentlich klar?"

„Geh hin und hol dir die Energiezellen, Camiel. Du wirst springen."

„Danke, Sir. Und auch dir danke ich, Paps. Du hast ja doch ein weiches Herz." Mühsam und nach vorn gebeugt, als leide er unter Gliederschmerzen, schleppte sich der Roboter davon.

„Sieh dir dieses Elendsbild an", sagte Peter Hoffmann. „Dieser Plastikheini ist hinüber. Er ist zu nichts mehr zu gebrauchen. Glaubt ja nicht, daß ich auch nur eine Träne vergieße, wenn er vorbeispringt. Der schafft es noch nicht einmal, wenn ich ihm einen gehörigen Tritt versetze."

Cindy und der Commander lachten. Sie wußten, daß der Major Angst hatte, Camiel zu verlieren.

Fast eine halbe Stunde verstrich, bevor sie wieder etwas von dem Roboter vernahmen. Dann meldete sich Camiel mit einem lauten Schrei.

Peter Hoffmann, der dösend in der Sonne gesessen hatte, fuhr erschrocken hoch.

„Da ist etwas passiert", rief er.

Camiel schnellte sich aus dem Dickicht hervor und sprang über einige Büsche hinweg. Hinter ihm tauchte der blau schimmernde Leib des Riesenroboters auf. Die Maschine kroch auf allen vieren und versuchte zugleich, Camiel mit Faustschlägen zu erledigen.

„Ich dachte, mit dem Ding ist es aus“, sagte Peter Hoffmann überrascht.

„Offenbar nicht“, erwiderte Perkins. Er zielte mit seiner Mini-Rak auf den Giganten, schoß jedoch nicht, weil er fürchtete, Camiel zu treffen, der auf ihn zurannte. Krachend prallten die Fäuste des Riesen in das Unterholz. Immer wieder verfehlten sie Camiel, der mal zur einen, mal zur anderen Seite sprang und auf diese Weise den wütenden Attacken des Roboters zu entgehen versuchte.

„Das Erfassungsfeld ist da“, rief die Wissenschaftlerin. „Nur etwa zehn Meter von der Schachtkante entfernt!“

„Camiel! Das Feld“, brüllte Peter Hoffmann.

KA-ZD-TR-3379 stürmte stark hinkend auf den Schacht zu.

„Übernehmen Sie diesen Koloß, Sir?“ fragte er. „Es gefällt ihm nicht, daß ich ihm die Zellen weggenommen habe.“

Commander Perkins ließ sich in die Hocke sinken. Er faßte seine Waffe mit beiden Händen, und als Camiel in den Schacht hineinsprang, feuerte er eine Serie von Mini-Raks auf den Riesen ab. Er zielte auf seine Füße, und er traf. Doch die Geschosse konnten die Panzerung des Roboters nicht durchschlagen. Immerhin brachten sie ihn aus dem Gleichgewicht. Der Koloß stolperte, verfing sich mit einem seiner Füße an einem Felsen und stürzte kopfüber an Commander Perkins vorbei in den Schacht.

„Es hat geklappt“, rief Peter Hoffmann, der sich nicht an dem Kampf beteiligt, sondern nur Camiel beobachtet hatte. „Unsere Olive ist im Erfassungsfeld verschwunden.“

„Es ist soweit“, sagte Cindy wenig später. „Das Erfassungsfeld steht.“

Nur wenige Meter von ihnen entfernt leuchtete über sicherem

Boden das Energietor, durch das sie über viertausend Lichtjahre hinweg zur Mondstation Delta-4 zurückkehren konnten.

Nach dem lärmenden Empfang im Labor des Dimensionsbrechers wurde es erst allmählich ruhiger. Neben Professor Common waren Oberst G. Camiel Jason, Dr. Mario Andreotti, der Konstrukteur von Camiel KA-ZD-TR-3379, und der Vier-Sterne-General Basil Lucan Crinian, der Sicherheitsbeauftragte des Sonnensystems und zugleich Oberbefehlshaber der kleinen terranischen Raumflotte, anwesend.

Alle waren froh, daß es trotz aller Schwierigkeiten gelungen war, die Expedition zu bergen. Selbst Oberst Jason zeigte sich von seiner besten Seite.

„Ich würde gerne wissen, was aus den Androiden geworden ist", sagte Dr. Andreotti schließlich.

„Sie haben keine große Rolle gespielt", erwiderte Commander Perkins. „Im Grunde genommen haben sie versagt. Roboter sollte man in Zukunft nach dem Vorbild Camiels bauen. Er hat sich auf ganzer Linie bewährt."

Der Roboter, der kraftlos in einer Ecke des Raumes gekauert hatte, richtete sich quietschend auf.

„Das höre ich aber gerne, Sir", rief er und sank seufzend wieder zu Boden.

Dr. Andreotti lächelte stolz.

„Morgen sieht er wieder so aus wie vorher. Das garantiere ich", sagte er.

General Basil Lucan Crinian, der leise mit Professor Common gesprochen hatte, wandte sich an Commander Perkins. Er war ein schwergewichtiger Mann mit bernsteinfarbenen Augen und einem kantig wirkenden Gesicht. Ihm eilte der Ruf voraus, ungemein hart und unbeugsam, aber auch gerecht zu sein. Er war fast zwei Meter groß, wirkte aber aufgrund seiner massigen

Figur und seiner überragenden Persönlichkeit noch erheblich größer. Als er sprach, verstummten alle anderen.

„Kommen wir zu den Drakenen, Commander. Sie haben fraglos die einzig richtige Entscheidung getroffen. Selbstverständlich mußte die *Nukleon* von ihrem Kurs zur Erde abgebracht werden. Jetzt ist es unsere Pflicht, die Völker der Galaxis vor den Schläfern zu schützen. Wir müssen noch vor der *Nukleon* in dem Sonnensystem sein, welches das Sternenschiff anfliegt."

„Was wollen Sie gegen die Drakenen tun?" fragte Cindy. „Es sind Ungeheuer! Wir können sie nicht aufhalten."

Die Augen des Generals wurden dunkel.

„Grundsätzlich glaube ich nicht daran, daß ein ganzes Volk böse und schlecht ist. Ein Volk von Ungeheuern ist für mich nicht vorstellbar."

„Sie hätten den Filmbericht sehen sollen, Sir", bemerkte Peter Hoffmann.

„Commander Perkins und Sie werden sich den Drakenen entgegenstellen."

„Es gibt noch ein weiteres Problem zu lösen", sagte Perkins.

„Ich weiß. Einer der Copaner hat falsch gespielt. Nun, ich bin sicher, daß Sie ihm bald begegnen werden. Sein Plan ist nicht aufgegangen. Die Drakenen fliegen nicht zur Erde. Er wird sich ihrer annehmen."

„Sie glauben, daß er ebenfalls in dem Sonnensystem erscheinen wird, das die *Nukleon* anfliegt?"

„Davon bin ich überzeugt, Commander."

„Dann steht uns ein heißer Tanz bevor", stöhnte Peter Hoffmann. „Aber wir haben wohl keine andere Wahl, denn wir haben die Drakenen aus ihrem Gefängnis geholt."

„Das wirft Ihnen niemand vor", erklärte General Basil Lucan Crinian mit gewichtiger Stimme. „Sie haben sich deswegen nicht schuldig gemacht. Verantwortlich ist in erster Linie das Volk, dem vor Jahrhunderten keine andere Lösung eingefallen ist, als die Drakenen – und unter ihnen waren bestimmt viele Unschuldige – einzusperren."

„Wann beginnen wir?" fragte Peter Hoffmann. „Ich meine, wann brechen wir zum Empfang der *Nukleon* auf?"

Commander Perkins lächelte.

„Das Sternenschiff wird sein Ziel erst in etwa acht Monaten erreichen. Wir haben also noch etwas Zeit, Peter."

Der Major atmete erleichtert auf.

„Dann ist es ja gut", seufzte er. „Ich wollte mir nämlich einen Roboter für private Zwecke mieten. Ich will doch mal sehen, ob ich mich nicht doch an diese Dinger gewöhne."

Camiel kicherte. Er versuchte es zumindest. Doch seine Energiezellen waren nahezu leer, und er brachte nur eine Reihe von abgehackten Quietschlauten hervor. Dr. Mario Andreotti lachte ganz gegen seine sonstige Gewohnheit laut auf, und die anderen stimmten in das Gelächter mit ein.

München-Wien-Hollywood/Florida USA
Deckelbild und Illustration Werner Heymann
Redaktion Sibylle Tietz
ISBN 3 505 08336 4
Bestellnummer 8336

Ein weiterer Band ist in Vorbereitung.

# Spannende Science-fiction-stories von H. G. Francisco

Commander Perkins
**Der rote Nebel**

Commander Perkins
**Planet der Seelenlosen**

Commander Perkins
**Der verbotene Stern**

Commander Perkins
**Im Land der grünen Sonne**

Commander Perkins
**Verloren in der Unendlichkeit**

Commander Perkins
**Im Bann der glühenden Augen**

Commander Perkins
**Der dritte Mond**

HUGH WALTERS

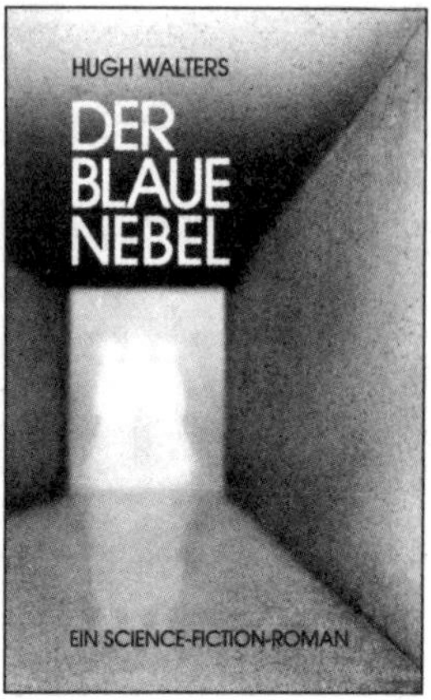


## Der blaue Nebel

Sues Schritte werden immer leichter. Alle Furcht ist von ihr gewichen. Das blaue, nebulöse Licht in dem unterirdischen Gang bewirkt, daß sie sich glücklich und beschwingt fühlt. Plötzlich kommt sie an eine Abzweigung. Und was sie nun erlebt, ist so phantastisch, daß ihre Sinne aus dem Gleichgewicht geraten.

**Das Besondere dieses Buches:**
Ein packender und hervorragend geschriebener Science-fiction-Roman, der von realen Gegebenheiten ausgeht.

Schneider-Buch